人文书
诗散丛

耿占春◎著

忧郁的年代

河北出版传媒集团
花山文艺出版社
河北·石家庄

图书在版编目（CIP）数据

忧郁的年代 / 耿占春著. -- 石家庄：花山文艺出版社，2022.3
（"诗人散文"丛书）
ISBN 978-7-5511-6080-3

Ⅰ.①忧… Ⅱ.①耿… Ⅲ.①散文集－中国－当代 Ⅳ.①I267

中国版本图书馆CIP数据核字(2022)第026094号

策　　划：	曹征平　郝建国
丛 书 名：	"诗人散文"丛书
主　　编：	霍俊明　商　震
书　　名：	忧郁的年代 Youyu De Niandai
著　　者：	耿占春
责任编辑：	刘燕军
责任校对：	李　伟
装帧设计：	王爱芹
美术编辑：	胡彤亮
出版发行：	花山文艺出版社（邮政编码：050061） （河北省石家庄市友谊北大街330号）
销售热线：	0311-88643221
传　　真：	0311-88643234
印　　刷：	河北鹏润印刷有限公司
经　　销：	新华书店
开　　本：	880毫米×1230毫米　1/32
印　　张：	7.5
字　　数：	146千字
版　　次：	2022年3月第1版 2022年3月第1次印刷
书　　号：	ISBN 978-7-5511-6080-3
定　　价：	49.00元

（版权所有　翻印必究·印装有误　负责调换）

目 录
CONTENTS

心肠的美学与道德感受 / 001
物质的精神 / 001
催眠 / 002
意义作为一个秘密 / 003
清晨 / 003
世界的早晨 / 004
理论的心肝 / 005
20 世纪 90 年代 / 005
被压抑的严肃 / 006
脆弱的容器 / 006
迁移 / 007
口哨里的记忆 / 008
远景 / 008
灯：词与物 / 009
必要的饥渴感 / 009

故事的形而上学	/ 010
修行的词语	/ 011
心理剧	/ 012
观念与形象	/ 013
对"文化"的质疑	/ 013
精神的观念	/ 014
死魂灵	/ 015
温暖的欲望	/ 015
分界线	/ 017
美的叹息	/ 018
作者声音中的读者	/ 019
音乐中的渐弱	/ 019
瞬间的形态	/ 020
诗与音乐	/ 020
圣贤政治的幻想	/ 021
形象的饥渴	/ 022
对诗学的忠实	/ 022
热带	/ 022
人类行为领域的语用学	/ 023

故事是人不朽的方式	/ 024
芫荽	/ 026
如今只剩批评	/ 026
人文知识	/ 028
次声炸弹	/ 028
虚假经验与流行文化	/ 029
无知	/ 029
失去风景的思想	/ 030
午后睡眠	/ 031
相反的愿望	/ 032
字谜	/ 032
脸上的字	/ 033
思想模式	/ 033
卡通片与城市民间故事	/ 034
困难中的道德	/ 035
没有经历者的经验世界	/ 036
窗外	/ 038
话语主体	/ 038
片段的整体性	/ 039

非连续性 / 039

战争智慧 / 040

文学认识论 / 040

对原始力量的社会管理 / 042

世俗神话 / 042

丛林猛兽 / 043

异域 / 044

诗篇 / 044

阅读 / 048

暖冬笔记 / 048

物的精神分析 / 049

美的救赎 / 049

战争神话 / 050

咳，看他们又发现了什么 / 051

天真的世界观 / 052

木材颂歌 / 052

以人为镜 / 054

收藏与引文 / 057

玩物丧志 / 058

另一种收藏	/ 060
收藏品	/ 061
收藏家	/ 062
手工制品	/ 063
细节与隐喻	/ 065
女性主义	/ 068
不是我心底要的	/ 069
荒野	/ 070
细节的真理观	/ 070
收藏	/ 073
收藏品：怀旧的时代	/ 073
老去的物	/ 075
分类学或博物学中的笑声	/ 077
原始分类	/ 079
商品的礼拜仪式	/ 080
最美的消费品	/ 082
暴力	/ 085
战争交换	/ 086
拒不服从的身体	/ 086

没有个性的经验	/ 087
致命的单调	/ 088
词语	/ 089
时间之谜	/ 090
疯狂	/ 091
记忆之书	/ 092
多重时间	/ 092
死亡颂歌	/ 093
自然的缺席	/ 094
手工艺人式的写作	/ 096
路标	/ 097
女神之死	/ 097
开始者	/ 098
愚蠢	/ 099
个人的语气	/ 099
作为阅读的写作	/ 100
非神圣化,或价值变形记	/ 100
回忆中的诗	/ 102
在餐车上	/ 105

重复的秘密	/ 107
热情	/ 108
疯狂	/ 109
瞬间是一个秘闻	/ 109
参照	/ 110
抵达之谜	/ 111
疯狂	/ 111
能量交换	/ 112
平静	/ 112
浪漫主义	/ 113
回忆	/ 113
感性契机	/ 114
艺术的自我合法化	/ 115
讲故事	/ 115
地形测绘员	/ 115
物体	/ 116
失败的语言	/ 116
失败的言语	/ 117
作为秘密的阅读	/ 118

此刻作为一个纯粹的事件	/ 118
个人时间	/ 119
语言分裂的能量	/ 119
言外之意	/ 120
碎片	/ 120
任意性	/ 121
道可道	/ 121
对神秘性的嗜好	/ 122
语言和死亡	/ 124
假古董	/ 124
写作的法度	/ 125
临时性	/ 126
重临	/ 126
历史主义的愚蠢	/ 127
美的，显眼的	/ 128
读写阶层的衰落	/ 128
反智主义的故事	/ 130
月亮节笔录	/ 130
被起诉的原告	/ 131

小说是什么？	/ 132
空白之处	/ 132
文化景观	/ 133
权威	/ 133
纯净的恐惧	/ 134
认知的欲望（一）	/ 136
认知的欲望（二）	/ 137
一座分水岭	/ 137
路标	/ 138
题外话	/ 139
观察	/ 140
文本和语境	/ 140
没有形象的世界	/ 141
沉默	/ 141
听任	/ 142
不解之谜	/ 142
诗学	/ 143
愚蠢	/ 143
聆听阿多诺	/ 144

绝缘的美	/ 144
思想的蜕化形式	/ 145
地方与形象	/ 145
个人	/ 146
最无益的接轨	/ 147
神圣性	/ 147
语言的堕落	/ 148
增长的欲望	/ 148
不明飞行物	/ 150
自由的戏剧	/ 151
小蜜橘	/ 152
生产是体验的总体叙事	/ 152
过剩的危机	/ 155
维柯	/ 156
文本和语境	/ 157
媒体产品	/ 158
身体语言	/ 158
高处之谜	/ 159
一个未完成的陈述	/ 160

随身携带	/ 160
疾病	/ 161
工业社会的比喻	/ 161
物质记忆	/ 162
疑问	/ 163
比兴	/ 163
话语中的熵	/ 164
关于信心的一个论据	/ 166
抽象与形象	/ 167
观光客的意识形态	/ 168
如何看	/ 168
多重天堂与多重地狱	/ 169
说与所说	/ 170
美是负熵	/ 171
重复	/ 171
清晨的形象	/ 172
听歌	/ 172
低语	/ 173
环境	/ 173

土木的味道	/ 174
论艺术	/ 174
城市的面相	/ 174
看的方式	/ 175
面孔	/ 176
看吧,这个教主	/ 176
历史中的现象学	/ 177
时间的可逆性	/ 179
电子复制时代的生活	/ 180
感官主义者的旅行	/ 180
晨雾下的草原	/ 180
晚期风格	/ 181
创新的晚期	/ 181
欲望的转喻	/ 182
思想不等式	/ 182
理论直觉	/ 182
哲学与诗	/ 184
语言的呼吸	/ 184
好古	/ 185

减法	/ 185
概念的光谱	/ 185
土地	/ 186
在理性与神秘之间	/ 186
象征交换	/ 188
思想史：从名词到形容词或副词	/ 189
在一支歌里思想	/ 190
毒药	/ 190
模仿权威	/ 191
"主人道德"	/ 191
文化	/ 192
变形记	/ 192
嗜好秘密	/ 193
中介物	/ 193
末日神话	/ 194
说出与写下	/ 195
谜	/ 195
所说与所见	/ 195
记忆的分歧	/ 196

叙事的伦理 / 196

为死亡所困扰的写作 / 197

理想主义 / 197

另外的早晨 / 198

无名的偶遇 / 198

内心危机 / 199

世界的清晨 / 199

否定 / 199

小石块 / 200

孩子的微笑 / 200

雪 / 201

玫瑰与小说家 / 201

统一性的诗学 / 202

非统一性的诗学 / 202

符号学的时代 / 202

身体与空间 / 203

山坡上的灯 / 203

美 / 204

札记 / 204

偶然	/ 205
片段	/ 205
感知与知识	/ 206
神话的历史观	/ 206
象征主义的衰落	/ 207
瞬间有多久	/ 208
水做的人	/ 209
轻与重	/ 209
论修辞	/ 210
宝玉的乌托邦	/ 210
四十而惑	/ 211
声音与语言	/ 211
语言与呼吸	/ 212
书写语言	/ 212
对山的信仰	/ 213
对美的敬意	/ 214
以人为镜	/ 215
一支飞箭	/ 215
此时此刻	/ 216

伍尔芙 / 217

斜坡 / 217

花的形而上学 / 218

处境与表达 / 218

没有奇迹的世界 / 218

后记 / 220

心肠的美学与道德感受

我躺在沙发上听音乐,当光碟发出"嗞"的一声时,我的肚子里跟着发生了一阵牵扯:我一直在用肚子听音乐?当这不和谐的声音划过,肚子也跟着平息下来;音乐又流畅起来,并且真的"荡气回肠"。现在我明白了:并不是在用心灵倾听,而是在用肚子听音乐,或者是用心肠。看来平素因为生理卫生的原因,给予肚子或肚肠的美学与道德评价太低了些。心肠或肝肠对不和谐的事物、对任何不适与痛苦的感知比大脑、比心脏都更为敏感。因此,古人用肝肠、心肠或柔肠,来表达最敏锐、细微、极致的体察与经验。不仅是倾听,即使是诉说,内心的倾诉也不如"诉说衷肠"。相反的品质人们用"铁石心肠"来形容。心肠甚至被正确地用作道德评价:热情与助人是热心肠,善被认为是好心肠,或者"心肠不坏"。

物质的精神

草莓是水质的。草莓这个词含有太多的女性的成分。它就是一滴水。许多物质事实突然间会显现精神的品质,显示出没有心肝的宇宙过程中多余而令人不解的煞费苦心。这是一个人在某些时刻令人倾慕的秘密。

这个秘密并不在她心中,她骄傲的时刻显现的不是宇宙论的美,而是美的瑕疵:一种与宇宙论的美所给予的东西极不相称的个性。

催　　眠

马勒在他的音乐生涯中体验过生命意义特有的漂移性,他曾说在聆听音乐的时候会觉得生活的意义不再成为问题,所有的问题都在音乐进行时态中被解决了。困扰着生命的问题在音符的魔法空间消散了,一切都像音乐那样富有可以感知的意义,充满节奏的力量和旋律主题的连续性。那就像圣灵行走在海上一样坚定。然而,这些保障不存在于音乐经验之外。而且,并不是一切不良经验都能够转化为音乐的符号式存在。我明白,不仅是音乐,某些杰出的诗也一样使人抵达超出了问题的境界,置身于意义的氛围之中。意义仅仅是音乐性的,或仅仅是诗性的,没有别的实体性的存在。然而,不论是聆听音乐还是阅读诗歌,意义感受都是在一种意识被催眠的状态下被感知的,这几乎就是一种催眠性的暗示。而在聆听音乐、阅读诗歌时,在有力的催眠状态下,不仅问题消失了,意义也如同物质性的音、字眼一样实在坚定。艺术保持着催眠作用,这是暗示或启迪发生作用的条件。

意义作为一个秘密

最没有意义的生活,最不该有意义的生活一经文学性的表达就产生了诡秘的意义。即使那些从否定意义开始的叙述。许多人一再地表述过生活与世界的无意义性,然而这种表述无论如何不是无意义的或者荒诞不合逻辑的。叙述活动本身无论如何都涉及组织话语、修辞与结构,"意义"表述之链的连续性与可理解性,在强烈地否定意义显现虚无时意义就在否定性之中剩余下来了。这一点意味着什么?"意义"是叙述性的?或者说意义本身就是话语的产物?除非话语活动完全停止,陷入沉默。然而即使此刻,依然有内在的话语在——尽管可能是没有句法的、不合乎逻辑的——话语的意向中言说。荒诞派不是模仿了这一点吗?

清　　晨

此刻我写下"清晨"这个词没有别的意思。这个词语里含有许多的绿叶、露珠、清爽,无暇的光线,没有褪尽的阴影,但只是为了显现那些叶尖露珠上的光。仿佛只有童年才有清晨,成年后的清晨已经变了质,虚无主义的目光腐蚀了清晨。然而,仅仅"清晨"一词就给我许多的晴朗的思想,给我清凉和清亮的感觉。但那应该是一本打开的书,在书桌上,清晨的光线照在书页上,犹如照在闪亮的树叶和润泽的土地上。那应该是从迟暮的年龄和腐朽的世纪末回到世界的清晨的一种途径。回到清晨，回到清晨的思想风格，写下清凉的语言，写下清晨的语言。

世界的早晨

19世纪初（尤其头三十年）的西方，那是一个伟大主观性的时代，一个谜一样的时代，一个在天才般的感受与思想力量绝对处于最强势的时刻。直至今天，我们的心依然受惠于这个时刻，这些心灵。贝多芬，舒伯特，舒曼，席勒，歌德，费希特，黑格尔，谢林，诺瓦里斯，施莱格尔，蒂克，荷尔德林……（仅仅是德国的，还有雪莱，拜伦……还有法国的……连几乎属于沉睡亚洲的俄罗斯也在那个时刻开始有自己的诗人和思想家），有人仅仅在这个充满预言的世纪最初的三十年里像彩虹一样显现并立刻消失，但这些名字铭刻着一个神话般的主观意志。人的内在性呈现出世界的早晨。

即使他们带着浪漫主义的疾病，他们也是如此幸运：外在化和物质化占据支配性地位的时代暂时还没有到来。尤其是在莱茵河的东岸。他们是内在性的王子与君主。他们在音乐、诗歌和思想话语中表达着属于世界清晨的意志。

理论的心肝

与人们想象的相反,理论理性是从具体经验、从对经验的感知与反思中得到其立足点的,理论理性是在感觉中被给定的。这意味着理论理性的成熟与运用不能离开实践理性而存在,脱离了对经验的深入描述、阐释,理论就会沦为概念的愚蠢游戏。人们在自身的实践理性中会感到逐渐下降或偏离了理论理性,理论理性在实践中显得越来越不清晰,变得模糊,理论理性在实践中会变得越来越缺乏确定性。实践理性从理论理性的一般原则下降到具体的社会事务之中时,不再只是与纯粹理性打交道,而进入了个别性、偶然性、可能性的语境,而且需要与理论理性与实践理性之间的一些中间项打交道。正因为在实践理性中把握与体现理论理性的一般原则会充满困难,才需要对经验、感知的辨识,才需要对经验与感知进行复杂而细致的阐释。如此不陷入沮丧、虚无和放弃对具体事务与实践中的一般性原则的寻求,解释世界比建立在简单判断之上轻易许下改变世界的诺言要更为困难。

20 世纪 90 年代

回想这些年份,我是在一种内心的折磨、觉醒与迷惑的交错中度过,写作成为其中的一个减缓还是加剧的因素?无论如何,写作或话语这个因素又被自身重新肯定了。它从沉默中走出来又与沉默纠缠不清。如果没有这些，精神生活只是一种知识活动的话，就会失掉其自身的意义。

被压抑的严肃

当严肃、假正经、仪式般的言谈浮在人际的表面，戏谑、开玩笑、欲望的冲动就成为人们内在的真实，成为被压抑的事物。现在，当我们坐在"红蜘蛛"露天酒吧喝力加啤酒时，开玩笑，调情，戏谑、不正经成为言谈方式和言谈内容，成为人们之间欲望表面化的接触方式时，严肃和清洁的愿望就成为我此刻的内心真实。欲望表面化之时，严肃就内在化了。严肃被压抑了。似乎不正经比假正经好一百倍。我们此刻必须尽力做出不严肃的神情，附和别人的玩笑。在玩笑、不正经成为意识的时候，是否"神圣与纯洁"正在沦为人的被压抑的潜意识——我发现我学会了、逐渐地把反义词罗列在一起的能力了。

脆弱的容器

走近湖边的时候，你感觉到身体中微弱的波动并宽阔起来。某种意义正波动着随之呈现在湖上。不知为什么湖既在它自身的形式中又在你的身体内。山也是，草原也是。仿佛你的身体只是万物的一个脆弱的容器。它容纳风、星空、沙漠，现在，它容纳了无边的湖。为什么你看见什么身体就被什么所充满？被感知就是成为物？感知就是让身体同时成为被感知事物的真实容器和它的意义。

一切情境都是思想的情境？一切视野都是某种意识的视野？或者仅仅是，仅当它是美的世界的时候？

迁　　移

在陌生的黑夜里，我不敢探究内心蜂拥而至的记忆——我想起新婚的家，在县城南关的一个小院子，小小的女儿和家人。在过去的世代里，一个人就会在这样一个地方终老。可我已舍弃了之后的几个住地。现在，窗外是椰子树、菠萝蜜、木麻黄，而不是我熟悉的杨树、梧桐。树的"观念"变了。我感到语词、肌肤的变化。吹过的风也异样。新的喜悦和旧的怀恋掺和着，生活在欲望和伤痛之间。没有人坐在椰子树下看见中原小城的小院子，小小的女儿学步庭院。我把她带来了吗？身体比意识怀旧，情感比理性懒惰。尽管看起来相反。读书、授课与写作，可以使人避免面对内心的迷惘，可以加固防御之墙。可在一个人发呆的瞬间，伤痛的力量穿墙而过。如果一个人想起一生中的所有时刻，甚至是某一个瞬间在无意识中突然呈现，人就会被它的掠过擦伤。

等到窗外的椰子树和一些我还叫不上名字的树木有一天也成为我的回忆中的事物，出现在记忆的呼喊中，它们才会是我内心的事物，才会成为我的一部分。在树下可以看见孩子的身影，家人和友人的身影，当这棵树成为往事的集结点——可能我已经开始失去它们了。那就热爱眼前吧：你终究要失去它。

口哨里的记忆

为什么每一只熟悉的曲子都深深地刻上了首次倾听时刻或最初日子的内容：家居氛围、城市的某个地方或一条河流的岸上，树、风、季节，认识某个人的时间，一些细微的记忆刻在曲子里，并且没有丝毫改动它。一些记忆作为听觉的物质元素负载于这些歌曲的无数委婉之处。你不会去想它，当某个歌出现的时候，记忆及其氛围就自动涌现。它是原作者或原唱者所不知道的。一切记忆都是想象的记忆。

远　景

一切事物的远景都变得具有美学意味，近景的瑕疵消失了……事物的远景融合了地平线与天空，似乎因此融合进一种神秘的宇宙论元素。这是近处的事物所缺乏的：它将不同层面的、远距离的事物组织进同一个空间。回忆就是这样一只倒过来观察的望远镜。它恰当地缩小了事物。

灯：词与物

看到椰子树下家里的灯光时，你突然意识到，许多词汇的具体含义都变化了。不必说到古代的灯，就是你童年时代的灯也已经作古了。最初伴随着你读书的灯是煤油灯，一个夜晚的阅读常常熏黑了鼻孔。后来教室里有了嘶嘶作响的汽灯，每天晚上要有一个生活委员负责照料它。而家里有了防风的带玻璃护罩的油灯，过节的时候才有更明亮清洁的蜡烛。你不喜欢普照每个角落的白惨惨的日光灯，带灯罩的橘色灯至少保持了光源、灯下亮光和稍远处的暗影。尽管灯这个器物的演变可以写成一小本文化史，但你写作时，时常依然使用的是"灯"这个词。事实上，"家"这个词与它古代的含义也不太一致了，还有"土地"与"生活"及无法尽言的一切。

必要的饥渴感

对水的理解需要饥渴感。河水在沙漠戈壁穿过是一个神圣的意象。草原上的河流会孕育出颂歌。南渡江、九曲江、万泉河在郁郁葱葱的亚热带森林间流过只是一幅风景画。对农业和植物的理解发生在由大戈壁滩进入一片绿洲的那个片刻。我们只能理解和珍惜稀少的东西。

故事的形而上学

以故事的方式叙述实际的人生的虚假之处是：一切偶然性和偶然事件都发生在故事的逻辑中，一切都朝向一个不可避免的结局。（我们现在的）真实生活是没有结尾的，然而一切又时时都在结束，时时都在开始。开始无所不在，结尾永不到来，或者相反。我们期待的事半途就走了调，变了味。结尾—结局—最终—末日审判或大团圆是我们看待世界的方式之一，而与世界本身无关。结尾的设置在小说中也在人生中：结尾是目的论的一种形式，是可预见的未来的合目的论的一种叙事形式，也是生活的逻辑形式，是宇宙正义的化身、是秋后算账的时刻，是善有善报、恶有恶报的时辰。结尾也是发展观与目的论的历史观的一个先验的预设，或者是我们的预期的一个伪装形式。从我们的思想中去掉了结尾，如同在现代小说中删去了故事的结尾，在尘世生活中去掉了彼岸，在历史变化中去掉了终结或完成一样：我们就渐渐地陷入了虚无思想的泥沼。去掉了我们预期的伪装形式，也就使我们的预期消失了。"人类不能接受太多的真实"？我们的生命只有荒谬地戛然而止，没有完成与圆满意义上的结尾。虚假也是一种虚构：如果有足够的想象力的话，故事叙述有着永久的魅力。人生中的确有一个不可改变的结尾，那就是死。这是一切故事的结局中的情节。只有死使世俗人产生生命运化的转折。只有死使生活变成一种命运。那么有关故事的所有虚构都是为了改变这一不可改变的命运：结局是不可避免的，那就只能改变它的意义。通过赋予无可改变的事态以意义而改变世界。故事不是愚蠢的或肤浅的形式，毫无疑问，故事是意义的完成形式，除非这个故事是一个纯粹的俗套。

修行的词语

使自己的生活琐事具有意义是一种漫长的修行。革命者和僧侣以完全相反的方式实现了它。自我放大和自我缩小都可以完成意义的转变。在日复一日、年复一年的文字生涯中，文字成了他生存的环境。置身于家居环境里，他感到周围的一切已经似有若无，并且散发出使人昏昏欲睡的气息，失去了周围性或生存的现实感。文字却可以使他警觉起来，使他醒来或入梦。文字成了他生存的环境。如果不能出门旅行，可以带来新经验的、恢复现实感的环境就是阅读文字，或写出几个字来，进入文字犹如进入幻觉状态。文字是他通过幻觉恢复现实感的途径。个人修辞学的语言技艺是一副他与自己对打的纸牌。

无论如何，阅读文本和制造文本是日常世界中仍然能够唤醒感觉经验的一条途径，文字是日常生活的兴奋剂。晚唐的贾岛已经表达过这种经验："一日不作诗，心源如废井。"苦吟生活不只是为了作诗，而是要给自己的面临枯竭的经验创造源泉："笔砚为辘轳，吟咏作縻绠。朝来重汲引，依旧得清冷。"心源和经验的枯竭是每日面对的难题，而诗歌是唯一的解救。因而据说贾岛每年除夕之夜，要把一年写下的诗篇供到香案上，焚香，斟酒，祝祷，他说，这是他一年的苦辛之作。然后将酒洒在地上，祭毕痛饮，高歌方休。因此贾岛应该修改这首《戏赠友人》的结尾："书赠同怀人，词中多苦辛。"词，无论是词语还是词句构成的特殊的文本，在贾岛的生活中都充当了比"心"更本源的施动作用，或者说，词就是"心源"。苦辛至多是挖掘这一心源的过程，是对快乐的有节制的享用。贾岛是一个僧人，然而唯有在诗歌写作中，他才是一个真正的苦行僧。寻找梦中的词句才是他的苦行。正像任何苦行都是驱散怀疑主义的阴云的一种方术。贾岛用满含苦辛的劳动价值驱散了笼罩在诗歌的使用价值以及交换价值上的阴影。诗歌的写作不会因为其使用价值，更不会因为其交换价值而得救，贾岛却因为其为之付出的劳动而得救。因而在自己所写的诗篇面前焚香祭拜，是贾岛词语中修行境界的最后完成性的仪轨。

心 理 剧

为什么美总是显示出一点点难解的神秘呢？美似乎是超验的，有如世界的形象一闪而过。无论这种神秘性出现在人还是自然表象上，这似乎是既不属于显现者的超验性，也不属于感知者的宇宙无意识。即使这个世界上其他的一切都被祛魅了，美依然自我复魅。它是无法得到解释的东西，达尔文也罢黄金分割也罢。美因为只是一种表象而任何有深度的解释都滑过了它。美似乎又是宇宙间某种神秘法则的显现。美唤醒欲望的时候也将人的冲动与宇宙间某种神秘的维度联系起来。本来，这种联系早已被隔断，但又一再地一闪而过，只在人的心底留下有如某种希望似的难解之谜。

观念与形象

真与善因为没有形象而陷入了可疑的境地，美因为适时闪烁的形象得以幸存。美总能幸存，甚至在痛苦与灾害之后。美的闪现总是让人觉得应该去做一件好事，去过一种新的与它相称的有价值的生活，但又没有人知道怎样去过这样的生活。美像一种忧郁的情感，直到那一形象在心中模糊不清。

对"文化"的质疑

许多人装出极其高贵的样子哀叹文化的丧失，喊着要什么文化重建，可他们所说的文化似乎根本不是活着的人们如何表述自己的生活、感受与情感，或争取这种表述的权利，丰富表述的语言，并使之反过来让这种表述影响我们的生活。如果文化不是使生活具有更多的可能性、使人具有更高的尊严，如果文化不是帮助这些脆弱、渺小的人们，以抵制那些剥夺人的自由、尊严与生活意义的各种野蛮力量的活动，文化如果不是对"武化"的抵制，它还能是什么？现在，他们自身根本不想去做这些困难的、必定在某种程度上承受着道义风险与权力压制的表述活动,即使他们身边这种痛苦的表述遭遇野蛮力量的压制他们也置若罔闻。他们所高唱的文化不过是博物馆式的文化,作为展示品与陈列品的文化符号,或者诸如关于繁体字、诗歌的平仄、某个字的几种异体字以及襞绩补苴文献集成之类的儒生们为帝王们野蛮的压迫中装点其门面的东西。对这些人来说,冒着探索的风险实践一种新的文体是没有文化,只有按照汉儒标记的一个字音的读法或按唐宋既成的模式写诗填词才是文化,而不用关心其中到底捡拾了怎样一些满是龋齿的牙慧。

这样一些人是文化领域的不法商人,他们什么也不想付出却指望得到巨大的利益,事实上他们做到了,仅仅为他们自己。

精神的观念

精神的概念似乎已经变得异常过时,就像善的概念,甚至美的概念都已经散发出过时的气息。但无疑,在某些情况下,被称作精神的要素依然存在于某些个体的人身上,成为他(她)的内在性自我的一部分。然而,这种精神却再也找不到一条通向它的实际社会功能的途径。长此以往这些精神沦为纯粹的梦幻一般的内在性,沦为自我感受的幻想。它可以使某个人得到暂时的叹息般的慰藉,可再也不能成为一种显现。而支配着"集体"意识的,是时新的、暴力的反对任何精神的现实原则,即使它伪装着一张涂脂抹粉的面孔。

死　魂　灵

某些声望是建立在其庸俗性之上的，如果某个人物将众多的庸俗性集于一身并用"文化"包装了一下，他就会受到人们普遍的崇拜。崇拜总是散发出庸俗的死魂灵气息。声望与崇拜不过是其庸俗性的沉瀣一气。他们崇拜的是他们自身的庸俗而已。就像草民膜拜卡里斯玛，只是膜拜他们自己普遍被剥夺的状况。他们的彻底无权、他们的死魂灵凝结为人格化的巨大权威。

温暖的欲望

自从离开那里的那一刻，她的难以再现的印象就成了他心中的忧伤。他从自己的忧伤中知道，生命中遇到了美好的事物。他知道是一种古典文明孕育了这样的面孔。在东方的历史中，这样的面孔是音乐与无数诗歌的发祥地，是无数的基业、许多个帝国与王朝的创伤与抚慰，是古代女神崇拜的起源，和许多优美塑像的原型。他知道这样美丽的形象就是人类精神，或者说，就是他的可见的精神，就像是这个世界的赎罪，因而诞生了这样的形象。这是世界给自己的混乱、荒谬以补偿。她是没有人认识的存在秘密。因为她不在宫廷，也不在神庙，而在现代经济帝国的宫廷中，在货币的神庙里，化身为这个经济帝国宫廷中卑微的侍女。到了他这儿，忧伤：这是他感受美好事物的方式。当他不知道发生了什么时，忧伤的情感代替了茫然的心境。当他感到忧伤时，他才知道他对生活的某个时刻或某种无名之物产生了温暖的欲望。也许可以说这欲望指向的是生活，是自己生命的某种要素，他知道生活的意义与之相关。他想有更多的时候独处，以便偶然能呈现心中的影像，就像那些孤独的恋人。好让心境沉静一些，好在心中再次看见这个古典文明在无限的衰败过程中留下最后的灿烂的回光返照。然而，他看见了与她坐在一起的另一个女子，那个他并不曾留意的面孔，可他怎么都难以清晰地捕捉到这个给他带来忧伤的人。他知道这心中的忧伤就是她。他甚至都已经不再记得她的真实形象，但他却不能忘记心中的忧伤，他知道，她就是这忧伤本身。就是他心中的温暖的欲望本身。这样的形象改变过人类的历史，或改变过一个人的历史、一个人的生活。为了这形象，以至于一个人必须改变他的生活，才能与之相称。这形象太美好，人们总也找不到与之相称的生活方式。因而所有的改变都只是一场悲剧。这就是他的忧伤。他因此什么也改变不了。让星球在原有的轨道上运行，屈从于复杂的引力。那是他所不能支配的引力。他预感到，在按照经济帝国的引力运转的世界里，谁胆敢产生古典文明式的爱情，那就是现代文明的破坏者和批评者，也会是引发宇宙星体脱离自身轨道的革命。在今天，谁敢于不顾现实感地去爱，谁就是一个冒失的革命者。这就是他的忧伤。

但忧伤是快乐的，而内心的欲望让他感觉到了生命的温暖。这就是他的犬儒主义哲学。

一切都是小小的尺寸：人物，故事，情感，事件，价值。

文艺复兴到19世纪之间的文学，展现了广阔的社会历史空间，展示了自由资本主义时代的巨大变迁和社会冲突。这是个人拥有自由行动的可能性的历史空间。个人行为具有复杂的社会变数和巨大的历史参照。它往往涉及制度、信仰、社会伦理的复杂变化。然而，普鲁斯特说，小说到福楼拜为止，行动变成了感受。随着社会合理化、科层化进程，社会行为的空间在缩小，人物行为背景的历史空间在缩小，人物行为的参照动机在琐屑化，一个人的行为、事件所具有的社会行为尺寸在变小。雷蒙德·卡佛和约翰·契弗的简约派小说清晰地呈现了这一极度缩小了的小人国的景观：爱依然存在，只是不那么明亮，不那么强烈；恨也存在，只是不至于进行激烈的复仇，更不用说隔代的世仇；嫉妒也还存在，但绝不至于出现奥赛罗，因为一切都不那么值得。因为一切事物、一切人、一切理念的价值都缩小了尺寸。末人也许已经出现了。这是一切缩小尺寸之后的安全感。然而，依然弥散着温情与人性。

分　界　线

分界洲岛：穿越这个地点的时候天气总是骤然改变，一边热（温暖），一边（凉）凉爽，一边阴雨，一边晴。这是一条标志着热带和亚热带的分界线。这条有点儿神秘的分界线毫不含糊，比国界具有更深刻的确定性。分界洲岛，这是一个拥有宇宙意义的点，而国界没有宇宙论意义。

美的叹息

当陀思妥耶夫斯基这样的人说"美能够拯救世界"时，他想表达的是什么呢？这个奇异的观念靠什么在他心中闪闪发光呢？对某一个人的爱这样具体还是对宗教、政治与道德的模糊失望？或许正是在失望的漆黑中美才闪光呢？在希望的微光越来越黯淡的背景下，这个闪闪发光的观念总是不经意间在心底闪烁。由于生活世界的抽象化，还由于对美的滥用，具有救赎性质的美能够闪现的时刻变得稀少了。感性事物中的赎救性质遭遇了毁坏，感性之物同时又在被技术和流行文化所滥用。

我想起司汤达的感受："当我认为自己已经注意到了一个真理时，我总是为我只写出一种叹息而惶恐不安。"当一种观念闪过，似乎我已经看清楚了一切；在我试图对之进行表述的时候，我面对的是一种逐渐变暗的观念，以及一种迅速变弱的感受。令人不安的是，陀思妥耶夫斯基也没有能够看清这一闪烁不定的观念，因此他只能说出一句因无处求证、没有语境而闪光的格言。

作者声音中的读者

一个人并不是靠纯粹的自身经验成为一个写作者,感知力的成熟,接纳更宽阔的理解与想象,甚至意识到经验的非独特性,历史中的人类学模式或宇宙中的命运,还有阅读经验与自身经验相互阐释、相互激发与批评。也许还有一些其他方面的错位,一个经验上的中国作者,一个阅读上的西方人文学的读者,当他以一个中国诗人的身份说话时,西方文学的读者就会在他的声音中出现。异质文化与生活现实之间构成了一种想象的批评关系,不自由条件下的母语文化与其现实之间更多的是共谋关系。在某个时期,文化上的不忠诚成为政治批判的力量之一。

音乐中的渐弱

音乐在模糊的话语中有着极其精确的形式。那些标记了渐弱的段落充满了自信,因为它知道最终的低语会更有力量。就像一种爱情关系之中的话语那样,它自然而然、似乎毫不费力地说出直抵心间的、本来没有词语的新语言。渐弱是在悄然扩张一种不可抵挡的力量。一种话语、一篇文章的终结也期望抵达这样一种"渐弱",在语气上,在语义上。事实上只有诗的写作渴求这一点。

瞬间的形态

音乐的旋律会赋予每个流过身边的时刻一个独特的形态。每一支歌都塑造出时间的不同模型。时间的谜底或时间的可塑性也许该在音乐中寻找。运动、变化与节奏，呼吸、旋律与静止，连续、间断与重复，上升与下降，渐弱与渐强，急促与舒缓……也是时间的特性。除此之外，光线与阴影，色彩与温度，山与河流以及一切物质特性，以及其中目光的一切嬉戏流连，也会赋予时间以可以感知的特性，把时间从均质的、单调的、无形式的流逝中解救出来。

因此，他喜欢一遍遍地聆听音乐，尤其在一个人的时刻，音乐就会像一种没有语言的话语，承诺了他生活中缺失的和正在寻求的一切。音乐塑造的瞬间形态里，似乎那里有深沉的幸福在等待着他。

诗 与 音 乐

诗歌的话语也渴望企及音乐，诗歌的话语属性也指向时间之谜，但远非格律平仄之类的要求那么简单，因为后者只不过模仿了时间的单调节奏，或者只不过将无限丰富的时间形态粗暴地塑造成一个固定的模型。现代诗对音乐性的要求要复杂得多，也潜在得多。它的可能性也更为广阔。为此，现代诗厌烦地将表面的押韵、严整的节奏不客气地驱逐出去。每一首诗都是所有可能写出诗歌的一个不固定的形式草图，是瞬间的一种不准确的影子般的形式。这是一种自觉的不准确的技术、不准确的形式感。因为没有了固定的格式，每一首诗都是时间之神秘性的一次瞬间呈现，而且，不可模仿。它因此谨慎地得以保持与时间的无形式感、与千变万化的时间之不确定性的联系。

圣贤政治的幻想

他们相信好人、贤人哲学和圣贤政治，而不想传播与建构一种好的、日益获得社会认同的好的理念，并据此逐步实施社会自治。贤人哲学的政治信徒相信国家应该由圣贤执政并进行善良的专断。在这些有害的幻想者眼里，知识与社会公众链接会使知识变成街谈巷议、使思想变成不可靠的舆论，而知识还有他们这些独特的分子与专断者的巨大权力链接，就会立刻显出巨大的道德与政治威力。因此，柏拉图投靠了叙拉古，李斯效犬马之劳于秦始皇，庞德服务于墨索里尼，施密特跟海德格尔之流宣誓效忠于希特勒，无以计数的知识分子怀着圣贤政治的幻想投奔了"革命大家庭"，他们最终实现的是使自身和民众一致沦为牺牲品。除了李斯之外，可怜他们中的大多数还以为自己死于崇高的理想，其实这些牺牲品被供奉的只是一个邪恶的、不受监控的权力，是不可思议的邪恶使他们接近了神秘的崇高性。

形象的饥渴

你经常感到又在生活面前踌躇不前,生活世界的抽象化使人失去了可见的目标。直到某个美好的表象或幻觉出现,你又开始觉得自己在潜行,如同深深的呼吸恢复了能量。生活世界片刻的尽善尽美感,带来了意志的坚定。

对诗学的忠实

能够去除思想中的诗学成分,将一种思想抽象成公众可以普遍接受的东西吗?能够消除话语中的修辞特性而还原为所谓的纯粹事实表达吗?显然——不。似乎从神学的话语开始,留下来间接书写的规则。只要人们心中保持着一种难以企及之物,或任何一种难以言说的"非常道",这一规则就不容冒犯。即使今天,难以企及之物成为纯粹世俗性质的,诸如时间与死亡这样的与世界的相关性,这一书写非直接性的律令依然有效。消除了这一活的要素,所有的认识都会在瞬间僵化成一种俗套与偏见。

热　带

街上的人们拖着自己松松垮垮的身体,连他(她)们的表情也是松松垮垮的。既无意志也无爱的痕迹。当躯体的青春欲望渐渐耗尽时，并没有生成精神自身的生活。你难以相信，这是一些天真的孩子——男孩子女孩子——的成长吗？他们本人也曾被他人当作生活的远景日夜向往？甚至也曾在另一个人的心中唤起超出感官的、迷信式的热情？生活之梦想几乎在所有人的身上都过早地消失了，只有椰林依然临风而立，只有海散发出潮湿的腥味。

人类行为领域的语用学

在人类行为领域内存在着话语伦理与暴力美学的冲突。无论针对集权国家、传统暴政还是恐怖活动，军事打击以及作为诱因的不公平的经济与文化竞争，非暴力社会或非暴力生活应该成为我们生活的目标。用语言来论争，用语言来商谈，以言为定（契约），以言行事应该成为我们生活的规范性要求。人有语言和行为两者，语言是一种可理解、可交流、可分析批评的对象，因此以言行事是人类可理解可沟通行为的典范。对于强者来说，无论是国家权力还是其他团体与个人，暴力行为是合理性不足或合法性不足的表现。暴力预示着合法性的危机。

史诗的正义是暴力的主义，英雄主义是暴力美学、暴力伦理。这种暴力之所以是坏的，因为它把人类最高贵的能力——理解与话语沟通的能力弃置一边，甘愿蜕化到动物性的攻击行为，把人类的事业简化到动物的行为逻辑，变成单纯的刺激与反射，而不是让理解力终止这一充满灾难的悲惨循环。当然，国际社会、各种论坛与舆论媒介是否为人们，尤其为那些转变为暴力分子的弱者提供了陈述其理由的机会仍然是一个问题。由于可悲地被剥夺了这一权利，被压抑的弱者变成了令人不安的恐怖因素。他们选择了群体的或个人的暴力行为。我们是否只能在一切公开场合、在强势媒介中看到强势者的指令性的和断言语用学，而不是陈述的语用学。即使在弱者那里，语言也变成了攻击性的语用学。文学所能够做的是增加和完善语言游戏——导向一种最佳意义上的文学，一种广义的文学——叙述话语的实验事业。指令的语用学是确信，隐喻与叙事则是怀疑论的。形而上学依据想象的本体论说话，它所使用的逻辑与理性是为想象的本体服务的，宗教依据神义论或神说话，文学依据不确定的经验语境和多义性的感觉现象说话。

故事是人不朽的方式

要在尘世获得不朽，就要使一个人成为一个故事。我们毕竟来自古老岁月的深处，而且来历不明。对不朽的渴望毕竟没有什么不可原谅的过错。几乎每个人都在力图把自己的生活变成一个故事。数一数那些杰出人物吧，我们记住了他们是因为他们变成了一个故事。如果我们渴望被别人讲述，那就要成为一个故事。故事意味着千篇一律之外的生活事件。尽管有时候人类的故事也没有太多的创新。

一个人在自己的工作或作品的范围以外被认识，被讲述，就必须有一个故事。凡·高和高更在艺术创造领域并不比塞尚有更高的贡献，但凡·高和高更有故事，而塞尚生活平静，没有故事，在一般的艺术爱好者中，在民众中就远没有像凡·高那样享有崇拜。因为凡·高把自己的生活变成了故事，或者说，有那么多的事故和不幸，用以满足人们。各个领域的崇拜者都是嗜血的。它要求被崇拜者成为一个祭品，一个牺牲。是的，一个人，一个凡夫俗子凭什么要得到另一些凡夫俗子的崇拜有加？因为你承受了凡人难以承受的痛苦命运，而绝不是你的艺术天才。人们总是先听到一个艺术家的悲惨故事，然后才去"看"他的作品。甚至作为哲学家的维特根斯坦，被哲学界以外的人们所了解和阅读，也因为他比别人有故事可说。在没有神话的时代，自杀是"最终的神话"，自杀是最终的想象方式。因为一切能够使人们深深满足的、打动人的故事的结尾是：主人公死了。死者使自己在故事中诞生。这几乎是公平的。不妙的情况是，人们讲述故事的能力，和人们的记忆力一样越来越差，有许多本该成为故事传播下去的事情，变成了小报上的新闻，并被迅速地遗忘，那些指望通过故事获得不朽的人越来越没有什么指望。不会讲故事的人们让死者真的死去了，看来再次杀死死者是可能的，并且满足于没有故事的生活，满足于没有死后的不朽，满足于在没有历史的巨大尺寸的小小生活空间里行动、活着，满足于那些小小的有意义的事情，小小的片刻。并且学会用另一种方式讲故事——不要求巨大尺寸的历史时空,不需要太戏剧化的事件——这意味着另一种方式的生活。然而,人们的记忆力有限,大多数人是注定了要被忘记的,没有理由不让人们得到那些故事中的英雄不屑一顾的小小的幸福和小小的意义。

芫荽

突然想起童年时代的芫荽,一种可以凉拌的菜,一种带有气息的香料,想起它生长在菜园子里的样子,空气中弥漫着它的分子,是不是这样也能够吸入营养?二伯在菜园子里天天忙活,他兢兢业业的样子让一个孩子觉得左与右变得深奥难解。我至今没有写下过这个词语,那我就再写一遍:芫荽。或许还应该有:芫茴?小茴香?怎么突然像是在喊一些儿童时代的孩子,此刻,芫荽———一种失去了名字的呼喊。

如今只剩批评

如今令人感兴趣的是写作,不再是那些符合文体规范的东西,文体的意义降低了,我几乎只读那些既是小说(诗)又力图阐释小说(诗)的书。《追忆逝水年华》和帕斯的诗提供了杰出的先例。在这样的时刻,小说与理论重合,作品与批评重合。文学写作无可避免地带上了文学批评的性质,一种批评性的文学写作。事情的另一方面是把理论叙事化的可能性,一个探索哲学或思想问题的文学叙述可能性的人，或者一个从事哲学批评和神学批评的人。

事实上，文学中，小说和诗歌本身也渐渐地不再是最重要的文体。相反，理论批评倒是在成为独具意义的文体。"再现性话语活动"的重要性程度在逐步降低，"阐释性的话语活动"的重要性在日趋增加。或者说叙事与抒情话语的社会功能在降低，而论证和转述话语的社会功能在增强。这也许是由于理性化的结果，由于世界观合理化，或者由于"科学"与技术思维入侵精神领域的结果。不论如何，叙述与抒情话语日益沦落为娱乐方式，尽管叙述与抒情仍然有可能在未来成为塑造"生活政治"的一种潜在力量。生活世界似乎已经从再现性的故事中分离出来，话语再现的伟大历史使命（19世纪似乎是它的一个高峰）似乎已经终结，而所剩下的是"阐释性的艺术家"即批评家可以对已有文学文本进行各种解释、修正、引用和重新加以组织的一个灵活的形象。理论批评的话语方式越来越成为现代写作的一个典型形象，只消提一提在20世纪里的尼采或者罗兰·巴特，巴塔耶或者布朗肖，就会知道这一变化。他们的作品和他们自身已经被当作作家形象来使用和阅读，甚至是比写小说和诗歌的作家还更为真实的作家。而这个时代里重要的作家，我是说作家的传统形象即小说家和诗人，都几乎没有例外地具有理论批评色彩，否则就是一些不那么重要的作家。

人文知识

人文知识的传统一直表现为一种伦理、信念和美学上的特性，使它看起来就像是一种文化奢侈品，犹如装饰物或假面具，但它是精神上的解毒剂或止痛剂。它既是无足轻重的，又是最根本的。它不是什么专门化的知识，但它使一个人以有教养和受人欢迎的面目出现。它既像是哲学，又像是文学，常常显现为一个人的禀赋。这种知识的认知特征是对人的处境的敏感性，对人在世界上命运的关注，对他人内心经验的感同身受的体谅。除此之外，他主要表现为对表达这种认知与感受的语言的敏感，对这些语言表述的理解与欣赏力，并且自身具备这样的语言表述的艺术。如果不是因为有对语言的热爱，如果不是因为意义在语言活动中的诞生，对痛苦的敏感几乎就要毁灭了一个人。

次声炸弹

一则技术新闻报道：人类在自然界发现了次声现象，这种不为耳闻的次声所产生的共振可以置人于死地。科学界正用这种原理制造次声炸弹——报道如此客观，没有任何评论，人类疯了吗？一些科学技术发明都被首先用以改良人类社会的自相残杀手段。这则新闻装作是一个技术发现的客观报道。罪恶不是已经开始？难道非要等到一些年之后另一战争新闻报道说一枚次声炸弹导致多少平民死亡，人们才会开始谴责某些人的野蛮行径吗？

虚假经验与流行文化

阿多诺指出爵士乐的施虐——受虐狂本质，也指明了斯特拉文斯基音乐中的相同病理。在他看来，全部文化，不管是高级的还是低级的，都包含野蛮状态的某种要素。他并不认为大众的反叛已经玷污了文化的神殿，而较多地是由于他深信，大众文化整体上是一种混合物，这种杂烩是从上面被玩世不恭地强加给大众的。因此他用"文化工业"替代"大众文化"的说法。当前的情势仍然是牢固的管辖与控制，而不是文化混合或无政府状态。

技术化制造了无个性文化，既无个体的个性也无民族个性。纳粹制造过"纳粹伪民俗文化"，还有一些统治者也制造过或盗用过"民歌"。现在被当作艺术的，是消费活动和商业的盗用。流行的文学和时尚提供的是虚假经验，如同现在被当作幸福的，是对真实的事物软弱无力的模仿。礼品模仿了爱情，红酒模仿了陶醉，无知迷信模仿了信仰与神秘主义，是人们的软弱使那么多虚假经验——虚假的精神得以流行。

无　　知

曾经我对世界了解甚少，但却拥有那么多无知的快乐。现在，我暗中仍然希望把"知识"变成快乐的事情。当我不把所谓的知识与无知区分的时候，知识就是快乐。世界总是保持着未知的事物，这是一件快乐的事。神话、宗教和奇迹衰落了，然而，世界对我而言，仍然保持着足够的无知区域。它是这样一种无知，不能被我的求知消除，也不被更有知识的他人或未来的某一天消除，这样的无知对我而言是最后的、不能被消除的神秘。它是这样一种无知，它不产生信仰和偶像，不产生膜拜，在尘世，我的纤弱的、可能的德行也许会在哪儿发芽，它让知识的光照临紧邻的黑夜。

失去风景的思想

学院生涯读和写都是一些如此抽象的文章，有时就像渴望自然那样写几行沾着水汽与风声的文字，仿佛那样的文字就是事物本身。不渴望表达什么意义，只想借助它暂时地、虚幻地置身于事物之中，或置身于某个记忆的片段，通过文字的书写与某一天的湖某处的草地、某一条颠簸的石头路发生一些生命的在场的联系。对还算不短的旅行来说，我的感觉总是被闭锁在某些瞬间。知觉没有像旅行的路途和日子那样持续地展开，似乎仍然在幼稚地寻求片刻的感动，得到了某个瞬间的感动然后就在漫长的旅途上一无所见。事实也许不是如此，但我从没有能够用文字来记录它们，没有在文字中再次体验的经验就慢慢地淡然了。我从来没有像展开某个瞬间的意念那样展开过旅途的风景、人与地方。而现在我的渴望也许更像一种原始迷信一般地接触巫术：文字是某种灵物，通过既是媒介又是灵力的物，采集来自自然的灵力的灌注。

午后睡眠

我睁开眼，看见小德加午后睡醒了，独自站在地上，趴在床边，他没有哭，眼里却挂着清泪。我把他抱起来。只能用身体的拥抱告诉他我想说的。我想起几天前小德加曾经对我说过："大伯伯，我中午睡醒起来就不高兴。""你对谁不高兴？"我有点儿明知故问，小德加说："对我自己。可我晚上睡觉起来就会高兴，你现在知道我为什么中午不想睡觉了吧？"小德加五岁半了，他能够把他的感觉与想法表达得很清楚。我却没有能力让一个孩子免去与生俱来的那些感受，至少从二十三岁开始午后睡眠醒来时就觉得某种东西的虚空与哀伤。深渊似乎就在床边。

多年以来，午后睡梦成为一个异教启示的源泉。睡眠之床如同一道深渊，身临悬崖绝境。睡眠在生活的土地上如同打开一道深深的裂缝，虚无的寒流从中侵袭了灵魂。没有什么生活的道理与逻辑能够遮掩它袭人的寒气。睡魔是另一个哲学家，或是魔鬼的牧师。它以雄辩的沉默胜过滔滔言说。夜晚深睡的梦境并不可怕，夜梦有噩梦也有美梦。而午后的短寐本身就是一场噩梦。人终有一死，此即午后睡梦。怪不得民间传说把午后的时光视为鬼魂出没的时刻。这个绝对光明的时刻，尤其是夏秋季节的午后，笼罩着一种神秘的来自另一个世界的气息，也许自古以来人们就知道了午后时光的不祥。那时有人从梦中醒来就成为占梦者，只是永远不解其意。

相反的愿望

有两种愿望吸引着我的工作：在书本中生活，深入某些尽可能多而偏远的文本，以及一些鲜为人知的秘传知识，为着尽可能多的趣味而生活，或者玩物丧志，或者成为某个领域里的小小的专家。这都是一样的。另一个工作方式是，尽可能具有引用经验的能力，对不具备现成文本的生活经验的引用，把更多未加命名的混沌经验进行命题化表达，或者进行深入描述的能力同样吸引着我的写作。但趣味与批评意识并不是一对真实的矛盾。

字　　谜

从一张纸片上发现自己写下的文字，由于失去了语境而变成了不可理解的字谜：爱是一种双重欲望，是一种阴暗、愤怒和深思熟虑的热情，既粗犷又抒情，既狂怒又沉思，既艰深又朴实。女性成为受尊敬、被渴慕的对象。女神……是宇宙的模棱两可的复制品。这些句子当初想说什么？

脸上的字

占卜者的话语从来都不是来自预言的方向，对每一个来到他面前求卜筮的人，占卜者都是在向问卜者描述与解释他本人的神色、衣着、举止。如果有面相学的话，也不是依据其他神秘的符号，因为面相上早已写满了情绪与感受的文字。

思 想 模 式

人们在谈论民族国家、政治经济问题时，非常有理由地、突然很战略地将其作为军事模式来考虑，那么暴力和战争的一切逻辑就似乎变得必然了，而其余的，人道主义、人类情感与体验的普遍性就被暴力与征服的原始本性所替代，人权、自由与民主等价值理念似乎就变得微不足道，几乎是文学式的浪漫多情，尽管感伤优美，却显得脆弱虚假。将一切美好与善良的可能性选择果决地抛弃而确定不疑地选择敌我关系与战争，使这些战争一旦爆发就立刻成为牺牲品甚至炮灰的衮衮诸公显得多么富于集体豪情与战略家的气魄。然而，如果人类族群之间不存在人本主义价值及其逻辑的话，存在于民族国家内部的微弱的人文主义或社会伦理也终将消失。

卡通片与城市民间故事

世界上有许多邪恶势力和坏人,而且邪恶总是人格化的。这是民间故事里的观点,也是每一种不愿对世界深思的正统意识形态的观点。把世界看成善与恶的斗争不仅是古代摩尼教的专利。那么与邪恶的斗争就成为人民关注的焦点。这些斗争领域就经常在政治、军事、文化各个方面展开。然而,现代流行的卡通片或某些娱乐片,向人们透露出认识的改变。在《大力神》《小鬼当家》《小鬼当街》等卡通片与娱乐片里,它们出人意料地继承了民间故事的智慧和叙述风格,用一种更加喜剧性的眼光看待好与坏、善与恶的冲突。

在这些片子里,民间故事里的二元对立的价值逻辑与故事逻辑都被继承了下来。敌人或者坏人在形象与身体上仍然是强大的,而"好人"或弱小者却越来越显得弱小。这是民间故事的传统:弱小的牧羊少年大卫战胜了巨人歌利亚,流浪汉阿凡提略施小计就捉弄报复了财主。

由于坏人都属于弱智类型,那么身体上弱小的英雄反而总是赢得胜利。这种精神上和心理上的强大有时也伴随着弱小者的好运气。在这些卡通片里,英雄与坏蛋都被喜剧化了。英雄是可笑的英雄,坏人亦是可笑的坏人。英雄的可笑使他们不再那么高大或令人敬畏,坏人的愚蠢可笑也使得他们不再那样面目可憎。由于英雄可笑的机智,坏人愚蠢的可笑,在道德上一直处于悲剧和严肃对立的斗争的双方,都在其形象上变得亲切起来。坏人因为是一些笨蛋得到了人们的谅解。他们的愚蠢十分取悦于我们。在我们开心地嘲笑着坏人的愚蠢时，好与坏、善与恶的二元对立逻辑得到了弱化。可能有的仇恨变成了智力上的优越感。这也许是民间故事的真正具有深意之处，也显示了民间智慧的宽厚、大量与淳朴。

精神胜利法？反正在某些时候，我们仿佛甘愿让自己在智力上退化到幼稚园的水平，以便满足智力上的优越感，甘愿相信坏人都像《小鬼当家》里的强盗那么愚蠢，财主都像阿凡提的故事里那样笨蛋。坏人与其说是坏，不如说是愚蠢，似乎坏人正是因为愚蠢和弱智才成为坏人一样。然而，人们爱看，"谁能阻挡人民的笑声？"虽然有了这么多、这么先进的传播媒介，人们通过它也仍然难以获得真实，人们仍然在听编导讲述古老的民间故事：那是人民百听不厌的。恰恰因为生活的逻辑是另一回事。他们知道卡通不是生活。

困难中的道德

薇依说过，能够直接与恶相抗衡的也是恶……能够与恶直接对抗的至少要拥有同样的手段。如果结束法西斯战争的原子弹的投放要由甘地这样的圣者来决断的话，他的想象力也会陷入一个道德难题。一般而言，决断人类社会事务的通常不会是精神生活的导师。

不难理解"以毒攻毒"，这是药理学在人类社会中某些行为与原则的一个投射。然而我增添的这个比喻就似乎使得薇依的道德悖论化解了。这只是将道德原则上的困难转向了经验语境中"两害相权取其轻"的策略行为而已。是的，道德难题常常被经验性地解决了，不是无害与有害的选择，除了明确的动机之外，善与恶的问题被转移至方法即量和度的范畴。

没有经历者的经验世界

你坐在电视机前收看关于伊拉克战争的报道，一个每日每时收看新闻滚动播出的人比战争画面中的一个士兵对战争的整体状况了解得更多。一个士兵此刻可能就困在某个村镇待命，他对战争进展的了解远不如在万里之外每时收看滚动播出新闻的人。本雅明在1936年说：大兵沉默着从战场上回来了，因为经验贬值了。后面一句话由新闻节目的战争专家们正在阐释：他们讨论更多的是信息，是军事技术、武器，而不是人。决定战争胜负的早已不是卓越的指挥家或前线将领，也不是同仇敌忾决一死战的军队，与观看过去时代的战争小说或战争电影的一个极为重要的差别是，在电视新闻发自前线的报道中，我们看到的不是决战双方的人，甚至不是将领，只是军事专家对双方武器、技术、信息等因素的分析。而且，一个国际问题专家因为"过分"关注萨达姆，过于关切"人"的因素而导致明显地预测失误。这里已经没有古代类型的战争经验，没有史诗意义上的英雄骑士，甚至也没有了工业社会早期的"战争天才"，我们看不见多少战士们战斗的场面，我们看见的"机器"的屠杀，机器的轰炸。物质、技术似乎在自我行动，犹如投入地面的部队只是象征性的行为。人在这样的战争中不知道他自己是什么：平民不知道，士兵不知道，甚至连萨达姆也不知道。失败者不知道如何就失败了，胜利者甚至也不清楚。但是"机器"知道。如果说技术、机器、物质这些东西也是人的"本质力量"，那么现在，人的这些本质力量已经外化在其中，而且已经脱离了任何个人的控制。如果在过去的战争中还有个体的人之间的斗智斗勇，甚至还有个人的道义道德力量在起作用，现在战争中比拼的似乎只是高新技术之间的比拼。即使传播层面的道义力量依然隐约显现，但如果这种道义没有被技术力量所实体化的话，道义也可能是无效的。斗智斗勇也变成了技术化、信息化之间的"智"与"勇"的巨大效率的比拼。战争经验中还有多少经验属于人、属于个人、属于人的个性经验？穆齐尔的作品《没有个性的人》描写了今天这样一个世界：没有人的个性的世界，不，这样说还不够清晰，在一种经验中并没有经验主体的世界，物处在世界的中心——技术的支配性力量处在实践的核心。人则只能对技术的支配或物的世界的刺激做出被动反应。这一状况使坚持个性、个人思想的事业陷于艰难的境地。一种日渐严酷的现实、一种不可能的状况露出端倪：一个没有确定主体的经验世界正在出现。

窗　外

　　窗外是一条小路的弯道,树木掩映着它。我想象一条河湾。河湾拥有无限的美妙,甚至"河湾"这个词,轻轻地转弯具有无限的美感:在我面前的瓷器上,在微妙的话语中、歌曲中,在一个女子的腰身,或建筑物上,海岸线和海浪,一条河流,此刻风吹弯的树梢……弯曲或转弯:一些事物和现象具备了这一特征就具有了秘密。转弯或弯曲之处是一个世俗世界的秘密。转弯犹如一个优美的动作,转弯是事物的动态和运动现象,不管是一条河还是一个静止的瓷器。转弯是事物向存在现身的时刻。它就不仅是被看见,而且是被感受,用我们心中同样的秘密的"转弯"部分。更多的时候我不看书,而是看着这条在我窗外转弯的路,它甚至使行驶过的车辆的噪音不那么尖锐。噪音不就是没有适当转弯的声音?

话 语 主 体

　　写作的一个秘密是知道如何节制语言,话语活动的目的当然不是,可写作方式正在于此。知道节制语言,才会有文体、风格意识,以及话语与意义的关联方式。并不是只有诗歌文体才有省略、空白和错格。在诗歌中,空白、跨行具有语义作用。同时,它在抵御语义。在思想性话语中,它们构成表达的背景。但正像诗歌一样,重复、反复、意象、音、句子的重复也是话语的相反特征。省略、空白、转折，或者重复、反复，都同样具有精神分裂的话语特性，也许，它就是内心话语的自然属性。它是句子的理性中一个疯狂呼喊。它们标明了一个人、一个身体的在场。

片段的整体性

片段拥有隐秘的整体性，后者作为片段的欲望而存在。由于破碎，由于击碎它的外来物质，整体被强行地压缩，纳入碎片，因而碎片包含着陈述，对整体的缩印。片段甚至包含着击碎它的那种物质与时间的力量。著述的断简残编，碎陶片，其他残片，都将作为独立的存在重新获得一个形式。碎片像一个隐喻一样起作用。没有任何东西能完整保存。一只古代的器皿在博物馆里已是一个碎片。整体是在疼痛中被感知的。

片段正在成为一种独立的文体，在文体破碎之时。正如历史破碎之时，瞬间的呈现成为意义的渊薮。

非连续性

一个人面临的，不是连续性和持续状态的现实，而是某种转瞬即逝的世界。所谓的现实，稳定的持续的，就在其中晃动。钟表的每一次咔嚓，都咬断了混沌的连续性。没有什么，连记忆也不能把两声咔嚓联结起来。记忆中的时间不是河流，而是解冻时刻的冰，而且还在不停地融化。其中一些大的瞬间在记忆中不经意地独自漂浮，那是一些曾经获得真实感受的瞬间。

战争智慧

新的民族战争能够保证一个人或一代人的不朽吗？新闻中的"三日英雄"并不能给予这些意义冲动或价值冲动以确保。只有围绕着某个概念（非本质的事物）的场所被"祛魅"，它才会失去巨大的动员力，或毁灭性。

看到朋友们不是充满忧虑而是充满热情地谈论战争的可能，我几乎看见战争的硝烟从他们的口若悬河上飘来……这个时候，我总是忍不住转述修昔底德的一句话："人人认为战争将不可避免是下次战争爆发的真正根源。"这个古希腊历史学家想必早已经历了太多的战争，我们在两千年之后还是没有获得真正的智慧。咳，我再掉一次书袋子，卡夫卡说："我们得让自己的思想从杀人犯的行列中站出来。"

文学认识论

当人们说，这是文学的观点，那就意味着它是不切实际的看法，是感情用事。而历史行为往往说明一个族群比单个人更加感情用事。是的，佩斯关于历史的和政治巨变的远见卓识，恰恰来自于文学的观察。他谈到了人的感情,一个民族的自尊心,当然这些观察在职业政客眼中只不过是诗人的多余敏感。在他们看来,一个羸弱的民族,或者根本就不成其为一个民族国家而只不过是一群老百姓,既落后愚昧又贫弱无力,他们的感情、民族尊严岂能是经济技术基础上强大的军事力量较量中应该考虑的因素?然而人类的事务并不总是按照强者的强力意志发展的,在他们看来,他们的强力意志就是世界进程的理性逻辑。人类社会事务中的情感冲动被排除在左右事变的力量之外。事实上,不管对与错,人类事务常常受到情感冲动,情感受到挫伤或情感得到满足的状况的深刻影响。也许这看起来令人遗憾:不光是诗人感情用事,人类社会也仍然是感情用事的。一个人常常在他的生活中屈从于他人的专断意志,以换取暂时的生存机遇,换取经济利益,甚至久而久之对恩赐者感恩戴德,但却鲜有一个族群愿意做这样的顺民。民族情感比个人情感的满足要深刻强烈得多。情感是非理性的,无论是个人感情,还是民族情感或者其他群体感情。

当代思想中对民族主义感情的消解是著名的,对本质主义、起源论的民族主义的消解有助于对基于民族感情、民族尊严之上的非理性冲动加以冷却,或给予釜底抽薪。在民族主义问题上,当代世界一直处于矛盾的思想中。然而即使对本质主义、起源论的和本体论的民族主义的批评是公允的,也不意味着人对于自己生活其间的一个熟悉、亲切的情感空间的认同会完全是一种错误,也不意味着人对这个具有某些令人放心拥有安全感的、对具有亲和力的生活空间的需求完全是一种欺骗。

对原始力量的社会管理

性是非理性的，爱是非理性的，仇恨是非理性的，恐怖行为是非理性的，它们引发暴力与冲突。现在世界有一系列的制度体系企图控制这些非理性因素。商品贸易、经济利益和保障这些经济利益得以实现的法规，都在暗地或明里对人的非理性冲动加以控制，或对之进行社会管理。自由贸易是一种最古老而温和的控制模式，货币成为存在着巨大文化差异的人们之间的共同语言。即使那些看来属于这个世界的不光彩的一面，也具有控制人的非理性行为的制度性功能。

世俗神话

最危险而不易被管理驯化的是人的感情，尤其是爱。与大众传播媒介、好莱坞电影和流行歌曲中塑造的令人神往的浪漫形象十分不同，爱在现代社会其实是一个令规则头痛的事情。爱不遵守赢利的规则，不遵守积累的规则，它是相反规则的体现：是给予，是牺牲和奉献。这些被乌托邦思想家所幻想过的感情仍然残存在个人情感领域。经济社会运行的原则，资本，尤其是权力资本运营的规则在这个对象出现时失去了效力。似乎每一种行为都包含着自身的悖谬。似乎每一种行为最终都是自我背叛的行为。好在经济规则也在对它进行渗透和殖民化。没有婚约没有承诺的临时同居，婚前财产公证，甚至每天日常开支的AA制，爱的不计得失和它的崇高奉献精神以及日后的无数复杂的纠纷被提前预防了。这当然也是给爱的一个提前预算和结算，以免在非理性的情况下爱情和金钱的单方面透支。爱情成了各自实名存款的活期存折。爱成为谁也不欠谁的公平交易：这是市场原则——衰老的财神爷在人类最后的情感神话中最终凯旋。爱，这个人类最后的一个原始神话，最后的一个神灵已经濒临死亡。

丛林猛兽

回头看看，似乎煽惑人的情感对象都已经进入了最合理的社会管理。爱神的幻影虽然没有消失，但已声名狼藉；市场化可以柔化民族主义情绪，或许能够化干戈为玉帛；市场化把爱情变成各种计算方式之后剩余的可以放心享用的甜蜜的小零头，爱情进入的不是经济交换领域而是节日与礼物交换领域；每个人在每个领域都变成了精明的商业人。利益的获取和最大化拯救了我们的理性，变成了唯一的理性。

然而败北者无时不在伺机图谋报复。人的非理性冲动，以寻找诸神的名义、以家园的名义、以波希米亚的名义、以民族的名义聚积起来受挫的情感，或是以自身欲望为动力的冲动。

理性化或合理化遗忘了人仍然是十足本能性的动物,甚至是一种生存意义仍然十分荒谬暧昧的存在物。在因受意义感而激发,或更多的是受无意义感的驱使,计算得失的理性常常不堪一击。在理性的人类社会身边,始终潜伏着非理性的丛林猛兽,有时,这个没有被驯化的动物被视为地狱的力量,而有时,它又似乎是一种乌托邦的化身。在学科规范之外,接近它的途径也许只有文学的认识论。洞悉这只猛兽的存在,知道它的变形记,熟悉它无形地潜入现实世界的路径。

异　　域

走向异域是对未知的和不同的经验领域的想望,旅行的最终目的地是异域。如果人生仍然是一种旅行的话,它就是走向异域的路程。写作上的越界具有与之相似的属性,不是以固有的思想方式归化异域元素,它指望以来自异域的事物更新自己。异域的力量在于揭示出自身的一种消失了的起源,一种被遮蔽了的相互依存。

诗　　篇

高昌回鹘时期有这样的怀念亲人的诗篇,如果你注意它是战士或武士所吟诵的,诗篇会告诉我们另一些含义——这些诗篇在战争中、在历史中发生过怎样的隐秘作用?但无疑,没有任何叙述历史的著作把它作为最可信的史料,虽然它的真实足以令人心悸——

> 白云翻滚,
> 是四方要下雪吗?
> 我那白发苍苍的母亲,
> 是因悲伤而流泪吗?
>
> 乌云翻滚,
> 是要落雨下雪吗?
> 我那年迈的母亲,
> 是因忧伤而流泪吗?
>
> 春云(雷)滚滚,
> 是要落雨吗?
> 我那年轻的妻子,
> 是在落泪吗?
>
> 秋云翻滚,
> 是要下大雨吗?
> 我那心爱的两个幼子,
> 是在流眼泪吗?

我的宝贝儿，好逃跑的马驹，
是要找自己的爸爸吗？
我亲爱的胞弟和弟媳，
是要找自己的哥哥吗？

我贴身的五十壮士，
是要找自己的主人吗？
伯兹克里克（村）的妇女，
将要（悲痛）心碎吗？

我身边的所有战士，
是要找自己的主人吗？
他们盼望相逢的日子，
而等得十分忧伤吗？

它不是任何一种人们所知的宗教，然而在教诲仁慈与怜悯。不，他没有教诲，他只是深感伤痛——令人心碎的情感，对于一个出征的将士来说过于缠绵悱恻，他所想象的不是胜利的骄傲，或以身殉国的哀荣，而是战争带给人的生离死别。他想到了母亲、妻子和幼子，家人和村里的妇女们无以安慰的痛苦，甚至是马驹和跟随他的战士们。将士身边和头顶的阴云弥漫着她们的哀伤与泪水。痛苦就是一种教化，使一个将士对亲情与痛苦的敏感超越了征战的荣耀。这样的诗篇让我为之动容：

一种诗歌的价值观超越了战争的价值观，诗歌的价值观在改变中古时代的尚武精神。这个武士也许会失败，不是失败于怯懦，而是失败于武士价值的淡化，同情心的上升。在他出征千年之后，我们都知道高昌及回鹘王国终归灭亡了，许多个王国也灭亡了，然而高昌王国时期如此令人心碎的诗篇流传了下来。历史叙述不会想象得到战死的将士曾经吟诵过什么样的诗篇，什么样的哀伤回荡在一个武士的心间。他或许失败了，因为我们今天自然早已知道，连不可一世的胜利者也失败了，甚至名字也被我们遗忘了。然而高昌王国时期的将士留下了诗篇。今天看来，王国的失败与胜利并没有这样一首诗篇更有意义。因此也可以说，失败者也胜利了，他吟诵的价值促成了一种伟大的情感，继续庇护着近世人们的生活：那些母亲、妻子、孩子、小马驹，以及战士。而今——伯兹克里克还在吐鲁番北部的山中，我去那里时，伯兹克里克已成为一个著名的佛教洞窟，斑驳的壁画历经劫难还残存着，不知附近还有没有一个村子叫伯兹克里克。最终庇护人民的，几乎不是朝秦暮楚的王国，而是人类普遍觉醒的仁慈情感。

抒情诗——吟诵它的不仅是诗人，我怀念那个变成了诗人的武士——使一种看来曾经十分微弱的情感价值上升，使人们心中的痛苦上升，在历史价值中上升，比那些铁的规律更令人珍惜。抒情诗和它的吟诵者以怎样隐秘的柔弱力量，加入了使生活世界人性化的历史？

阅 读

你常常急于从一本书中找出对当下自我意识的理解,你读的书、正在眼前流动的字句总是模糊地映现着你自身的意识状态,你尽力辨认的语句是心中的而非已出现在纸页上的。越是一本好书越是如此,你把阅读当作一个自我阐释的机遇。你真的看过某本书?

只有在冬天的严寒中玻璃窗才出现结晶。语言的结晶需要一种怎样的严寒、怎样的内外温差?

暖冬笔记

王家新把他的语词世界放置在一个寒冷的地带,所有的故事发生之地都是在一个寒冷的季节。他偏爱沉重与寒冷,充满悲剧和冬天的落日余晖。对他来说,诗歌话语指向北方、冬天、风雪、北京。是的,"冷"。只有寒冷感接近他心中的圣地——有着帕斯捷尔纳克的暴风雪标志的俄罗斯,靠近波罗的海,似乎其他地方与时刻都不足以承担沉重。然而现实的版图在移动,沉重的记忆越来越轻,商业社会也越来越暖甚至一阵阵虚热。只有记忆的中心仍旧彻骨寒冷。他保持着记忆的寒冷感。不是遗忘,不是笑忘或哭忘。在寒冷的中心,是经验现实的延续。寒冷是他选择俄罗斯文学的理由。帕斯捷尔纳克、茨维塔耶娃、阿赫玛托娃,还有爱尔兰的叶芝,因为他们的记忆与诗歌经验中包含着我们没有言明的处境，那些寒冷的记忆。然而过去的经验由于延续到现在而被改写，被暖化或腐化。这是紧张和受挫的生活。他的脚下是滑动的现在，寒冷的冻层在暖化，不是春天，只是温室效应，使地基像一层浮冰开始移动，一种在不断漂移的现实性。对没有被表达的冰封的过去、被禁止言说的冷冻的记忆之忠诚，与对正在生态恶化条件下气候变暖的现时性之追寻产生了难以克服的悖谬性。这样的选择带来了——一种"移动悬崖"。

物的精神分析

《观察者的幻象》是对自然物象以及与自然物象环境相关的生活世界：桥、门、船等的现象学描述。对纯粹的工业制品的描写则阙如。鲍德里亚做了对工业物质体系的符号阐释（有时也有现象学描写）。也许对技术引导的物体系只能做符号学的阐释而不适合现象学式的观察冥想。《物体系》不由自主地转入现象学描写的地方通常是作者遇到了前工业体系的物象。

美 的 救 赎

一座旧房子孤零零地矗立在被拆毁的大量废墟之中。这次不是钉子户，而是一座样子别致的老屋。不知什么人在建造时为之打上了美的徽记，可以感知的美使它免于毁灭的命运。或许，当它旁边的新建筑物再次以实用性的理由被拆迁时，美感依然会使它幸免于难。

只有美的现象才使世界的存在显得合理，只有美感才使生活显得富有意义。世界和生活应该作为美的现象而存在，才是合理的。幸免于难的是人心中的东西。

战争神话

无论人们多么热爱和平，总有一些人疯狂地热爱战争，更可怕的不是这些野蛮的战争贩子，而是人类中的某些思想天才狂热地在神圣意义上为战争加冕。在这些"天才"看来，人类的和平梦想是变得衰弱的人类的一种迟到的儿科疾病。而人类不再足够强壮，去接受普遍敌视的思想，又普遍缺乏容忍，注定了重复该隐和亚伯的戏剧。这使得人类在脆弱的和平梦想中接受普遍敌视的命运。在哲学家卡尔·施米特看来，自我认识意味着，认识自己的敌人。这个被许多人捧上天的人所说的也不过是政条主义的核心。尼采这样的超人疯子也把战争描述为解放的、洗涤大地污秽的暴风雨。微不足道的获利意识，充满诡计、欺骗和竞争的猥琐的商业精神，这块日常的敌对基石也得到清洗、改变，变得崇高。连认真思索战争问题的舍勒也把战争与"文化"关联起来，在他看来，战争是历史的"创造性根基或深渊"的显现。战争"对文化创新具有非常积极的意义，因为它让现存的有天赋的人沉回民族和个人精神的创造性泉源中"，仍旧是尼采的自我提高的权力意志的表现，它适合于个人和集体性格，更适合民族和国家。当历史学家隔着几百年或几千年叙述古代战争时，可能会发现这一点，然而在战争中、在战争剧痛尚未消失或正在到来时，舍勒有时也不免为神秘的历史意义所俘获。他以"生命"和"生命的起源"的神秘性为由将战争合理化：生命在权力的聚集中完形。紧张关系不可避免，必须得到解决。比每种权力更原始。"谁仅仅在白杨树的飒飒声和在鸟儿的啾鸣声中，而没有也在大炮的轰鸣声中听到神灵的吹拂，他也许是个可爱的人，但不是个完整的……人。"舍勒羞羞答答地把战争神圣化了，也许他真的以为战争暗中与他的一种平衡的"人道主义"想象一致，也许战争就是他语焉不详的"永恒客观的逻各斯的观念"的化身，将不同的民族、不同的文化圈逐渐变成一个单一的文化主体。

咳，看他们又发现了什么

据说已经发现了可燃冰——说实话，我是多么不愿意听到这个好消息。如果不可再生的能源面临枯竭，那就意味着现在这样一种高度依赖不可再生资源的生活方式就要被迫改变。我是多么想看到这种状况的改变。因为这种高耗费高能量运转勉强支持着的生活并不让我觉得幸福。从生物学上说，人这种生物最适合的生活与生产方式是狩猎和采集——可这是如今这个世界上最奢侈的人所能偶然过上几天的生活。

天真的世界观

在写山和云的时候应该同时在写意识,不是意识流,而是其社会意识形态。世界的一个极大变化是没有纯粹的自然了。草原、土地、山与河流,自然景观已经渗透了权力的掠夺、资本的污染。它们已经资本化,变成了股份或者垃圾:这是一条清澈的河与严重污染的河流之间的本质区别(本质这个词只有用到坏地方才合适)。如果现实世界已将它们不合文法地统治起来,描述的话语就不能将之无知地分开。只剩下了几棵树,但没有自然了,就是这样。语言的迟钝,也许是语言还坚持着自然主义。写作需要为自己发明语言的用法,去除语言的蒙昧主义。

木 材 颂 歌

从俄罗斯大自然文学和绘画中看到木屋时,就在心中埋下了对木材的钟情。后来看到了许多古建筑和少数民族的木楼,拥有一所木屋就成为一个无望怀旧的梦想。它使生活多了一种奢侈的感伤。木材具备其他材料所不具有的品质:自然、温暖、柔和,木材有着母性和起源的品质。木材不像别的自然材质,更不像合成材质，如同鲍德里亚所说，这个材质是一个有生命的存在：它从大地汲取自身的体质，它活着，它会呼吸，它有自己的呼吸和芳香，木材散发着它自身的环境气息，它的身内蕴藏着热力，甚至"它在燃烧，它把时间隐含在纤维"之中。它自身记录了岁月，记载着环境与气候的细节。与其他材质不同，每一块木板都独具个性，都有不同的纹路，这些不同的纹路就像是原始的文字和古老的图像，可以供人在闲暇的时光中阅读。就像卡尔维诺在《看不见的城市》中的一段描写，波罗对忽必烈汗说，你的这张桌子还是一棵大树长在山坡上的时候，一只啄木鸟站在这个树杈上，发出叼啄虫子的声音。忽必烈惊问你怎么知道？波罗指着桌面说，这儿有个疤疖。在木材变成我们的居所，变成人们的家具、日用容器或者地板的时候，木材开始了它的另一生命历程。它会老去，会再有蛀虫，它会让人怜惜：这一生命历程比其他材质都更接近居所的主人。

　　材料的发明和使用的历史一直伴随着人类的生活，并且改变着其生活方式。从古老的黏土、陶、砖、石头，到钢铁、水泥、合金、玻璃、树脂、聚苯乙烯，材料塑造着我们的生活空间，从我们的居所、用具、建筑和城市景观，从中可以看到材料的历史。目前，后者正在取代陶、砖、石，塑造着我们城市的时代性的容貌。钢筋水泥比木材质地坚硬，玻璃比木材更容易采光，然而木材具有"自然的生命"和文化形象。在自然材质与合成材质这两组语义对立中，陶、砖、石已经成为人类生活"回归"自然的象征。它们装饰着或掩饰起钢筋水泥,把一些场所变得更自然、柔和、质朴。在这些取诸自然的和合成的各种各样的材料中,木材是最为普通而又最受人喜爱的。尽管现代材质拥有巨大的可塑性,在摆脱了色彩和材料的陈旧的道德象征意义之后,摆脱了以自然为基础的象征主义的束缚,有了更多的自由实验的空间,可以在建筑、房屋和用具上成为更抽象的系统与功能的自由组合游戏,然而拥有实木地板,或者拥有一套"橡木"或"檀木"家具仍然表达了一种传统高贵物质的和人文主义的材质意识形态理想。木材,或者说更具有高贵品质的木材,重要的不是其使用价值或者交换价值,而是它在人们心中唤醒的自然、温暖、母性、传统等文化与生活符号的联想。这也是人们生活中关于真皮、本色棉布、纯毛绒等物品在心理上的文化附加值。它隐含着文化自身的一个悖论:我们在实际上多么远离自然,就会在某些象征方式和具有象征的事物上回到它那里。

以 人 为 镜

曾经有这样一个女孩子,她总爱对着镜子问自己:我美吗?我好看吗?她在镜子里注视着自己,享受着目光的反射带给她自己的模糊的快慰。当然,她的镜子诚实地告诉她:你真的很美。虽然镜子说了实话,可是她觉得还远远不够,因为镜子只是自我注视、自我赞美的一种替代形式。她还需要它开口说。她需要镜子不只是反射她的目光，还是投来爱慕的视线。她自恋自爱，也需要他人的爱——当她遇见别的人，尤其是男性，她的目光似乎也在这样试探地对他们发问：我美吗？你在意我吗？就像在镜子面前那样，她的身体传递出许多细小的举动。这些细小的动作可以被人做各种解释。她把他们当成另一面镜子，以便自我欣赏，自我确认。许多别的女人看见了，就说她在对人"放电"。你怎么见人就放电呢？女人们说。但她自己不知道。她眨巴着眼，把他们当成再次和反复自我确认、自我赞美的镜子。她希望在别人的眼睛里看见自己的美，甚至看见因为这种美而明显地唤起了欲望或者情感，她也不太顾忌。她知道她不会让人无动于衷：她的美，她的个性，她的出类拔萃。她在大胆地与他们做目光游戏。其实她不是爱他们，而是借用他们的目光看见自己，看见自己的美好而有价值的存在。为了证明这些，她在乎那些停留在她身上的目光，她也在意那些转瞬即逝的目光，那些不会留下什么痕迹，但会留下一些美好感觉的目光与印象。尽管一般说来，这是一些没有过去、没有未来，也没有任何现实关系的目光。对她来说，她还是个孩子，她希望别人能把她当成一个女人。她要证明这一点。为此，她甚至不是很看重与她同龄的男孩子的看法，因为他们自己都还是个孩子呢。她在意成熟男性的目光，她模模糊糊地知道，似乎只是这样的男性才能让她相信她自己真的长大真的成熟为一个女人了。

她在男人的目光中寻找自己的美丽与魅力。她是个孩子，需要在男人投射过来的目光中提高自信，提高对自身魅力的评价。别人的目光还具有更多的内容，她模模糊糊地知道这一点。但她不会去多想，但也不是完全不知道。她有时会知道别人对她的爱慕，甚至对她的欲望。这些让她有些不安，但更多的是让她感到自身魅力的那种自豪感和满足。他人的目光具有存在论的意味，因为如果没有人朝你看，你就似乎是不存在的或者可以被人忽略的。她现在不想被人忽略。她要反反复复地在人们的眼睛中看到自己的存在。在她飘忽不定的目光游戏中，有时是存在性的自我确认，有时是美的展示，有时是性魅力的诱惑。她的目光，她的身体，她的美貌，在这样三种不同的需要之间灵活地转换。男人们看她的目光则只有两种含义：对美的欣赏与爱慕，性的诱惑。这个女孩子无比聪明，她毫无保留地接受第一种目光，并且尽情地享受它；她根据自己的需要看待第二种目光游戏，她一般会让它结束于无害的冲动。她是为了引诱而引诱，为了自身的美而感觉好，只图获得赞赏的目光或爱慕的目光，只图吸引别人的目光，勾住他人的目光，而不是为了去经历或体验一段情感历程。但她肯定体验过或者知道：当她感受到一种爱慕的目光时，一场（也许是试探性的）爱情就离她不远了。她也明白：每次这样的目光的相遇都有可能发展为故事。她知道：你这样看着我就是在爱我。她是否真的能够把握好这种目光游戏的灵活的界限呢？把这种目光发展为一种现实关系，还是继续让它成为美与性吸引的游戏呢？如果这样做在大多数场合是为了自爱，她也就不想让这种可能性的游戏变成现实关系，后者可能恰恰毁坏了她的自爱。

收藏与引文

过去只是到处搜求书籍，就像在书籍中搜求一条引文，买书就如同写作行为，因此如果一个人被买书的激情所控制则根本无法写作，甚至也不可能真正阅读，激情在搜寻过程中已经消耗或得到满足。藏书家对书籍的物质符号的热情大大超越了对它的内在精神性的需求。藏书家与作家常常是两类不同性质的人，然而在最深刻的动机中，藏书家是一个隐秘的写作者，一种失败的写作经验，或者一种替代和补偿式的写作行为；而写作者是一个为自己创造出孤本的收藏家。现在我同时搜求一些玩物。摆在眼前的玉斧、陶罐等令人处于激情之中——一种虚无的激情。它使我兴奋难眠，以至到了白天我必须思考这些小文物以便摆脱对它们的欲望，以便让我通过文字去接触它们以替代总想把它们把握在手的诱惑。"玩物丧志"一词时时出现在这些小东西的后面。玩物丧志是另一种激情，它是直接满足诱惑的方式，而不是对诱惑的抵制，写作就是抵制，是把诱惑转换到另外一种性质的领域。写作是斋戒。当然它也是激情的升华形式，是保持着欲望自身的满足。事实上，玩物丧志只是激情的直接满足感。玩物似乎已经提供了满足的形式，不需要再去为它创造形式。激情无论何种性质都彼此接近：它使人远离现实，甚至使人远离自我。激情使人失去现实的时空坐标。激情似乎是一种物质元素，它此刻在我身上所起的作用与酒精或其他令人陶醉的物质没有根本区别。而文字是另外一种物质元素，文字注入身心内部，让陶醉具有形式。文字使激情产生某种生产性。把激情从虚无主义中转换到文字之中，是另一种功利主义，它恐惧非生产性的激情，恐惧自身被玩物丧志式的虚无主义所控制。而玩物丧志是真正的消费主义，从对玩物的消费开始，终结于对自身生命的消费。

玩 物 丧 志

　　玩物或者具有优美迷人的特性，才能让人为之迷醉，为之忘我，遗忘人生功利主义的目标，使人不再具有斗志或艰辛劳作的愿望。玩物或者具有麻醉品的性质使人迷醉，使人身不由己。这些真的或假的小文物，其令人激动之处在于它提供了其他的时空，或者说是提供了对其他时空的想象。小文物使人对历史的其他时刻的想象力有了一个物态化的形式，这些小东西是文字，但它们是物态化的物质符号，比文字更加直观。因此人们愿意以这种把玩的方式了解历史或感知历史。小文物中有化作了趣味的知识，化作了直观性的想象力，即使确定了年代与地点，文物总是具有谜一般的风格，仍然是一个符号之谜。器物是一个非连续性的存在，在一件器物中显现的只有很少的存在，却有大量的缺乏。器物不仅是存在的证据，更是缺乏的证据。在对一件文物的知识解说之后，真正的叙事其实还没有开始。关于它的真实知识是叙事知识，它必须有一个讲故事的人才能加以叙述，只是能够讲述这个故事的人不会活在世上。我不知道这个玉斧为何人所用，不知道上面已经浸入玉石之中的血渍是何种生灵的牺牲，源于何种情境，不知道那些曾经使用它的手……而我只是它的无数的主人之一。搜寻、购买与收藏是一种对历史的物质符号的拯救？而真实的拯救行为是把自己的存在与多样性的历史时刻建立起隐秘的联系，是通过这些器物在自己的偶然性中与它的历史拥有者之间绘制出一个"准家族式"的谱系。这是借助器物构建一个历史的幻想体系，它的拥有者借此进行自我变形。拥有这个器物的主体似乎因此而僭越了世系，与它的前主人们混同。一个器物建构了以自身为叙述中心的历史，虽然关于它的历史叙事还付诸阙如，但至少，这些器物还是建构了由一些叙述悬念构成的想象的谱系。

有些器物具有某个特殊历史时期的风格特征，而有些小东西比如这个瓷器本来就是对其他时代风格的模仿，它是对失去的世界和时间的再器物化。在购买行为中也有一种模范：对历史的某种时刻的模仿，购买者把个人的生活小空间改造为其他时代的风格。一个小文物产生它自身物质世界的周围性。就像每一种事物（或人）都无形中产生自身的周围性一样。真实的享受也许在于，享有它发散的周围性，在它的异质时空中呼吸。文物的占有者所能够占用的只是对历史的其他时刻的有证据的想象。这个占有者还准备着继续把这种享用延续下去，通过对器物造型以及器物上的符号、图形等在书籍中的进一步了解，以便在这个器物周围让历史时间再次堆积,在其中打开一条缝隙,使这个器物拥有更多的释义性。器物是一个信息,又是一个不完全的信息,它更像一个谜语。作为文物的器物是传统和象征物的剩余价值的体现。器物曾经是生活世界的构件,现在,作为文物的器物却是一个消失世界的构件。它不属于世界的进行系统,而是属于世界的退化系统。器物迫使它的合格拥有者在漫长的岁月里变成一个符号学家,变成一个私人侦探,一个旧闻的调查者,最后变成一个讲故事的人。

另一种收藏

写作具有这样的特性,它是语言的欢乐,然而又固执地坚守主体性;如果说人在玩物丧志中虽然进入了迷醉经验,然而却失去了经验的主权,在麻醉品的陶醉经验中,主体似乎已经不是经验者,而是麻醉品自身。写作是欢乐和陶醉,然而至少在社会意义上,欢乐的体验者拥有了经验的主权。写作是在个人的时刻失去自我、进入迷醉状态,但在写作之外的时刻又被社会赋予了创造者的位置,使写作者恢复了经验的主权。我写下这些文字,以便把我从对这些小器物的虚无热情中稍加解放出来,以证明我已经从玩物丧志的消费主义转向了生产行为。你终于得承认对玩物的喜欢是最软弱无力的爱——一种最颓废的爱。玩物是一个颓废的社会里始于中年人的虚幻的热情。当一个人对人的热情消失时,对物的热情,特别是那些小物件小玩物的热情就开始上升。

在写作中也有一种同样的收藏癖，读这样的书你不会感受到真实思想的热情，不会有表达深切的个人体验的内在冲动，而是一种十足的摆弄小玩物的收藏癖。那里出现的不是爱，不是真实的热情，而是一张苍白的脸上的恋物癖。就是这些东西在另一些同样贫血的人们那里冒充了"精神"或"文化"，事实上它只是知识的小摆件，没有思想热情的人从中得到些许自慰。这几乎是一个没有被理解的事实，他们在活着时就制作了古董。恰巧，一个颓废的社会就是以收藏古董或玩物的心态来观赏那些写作的。

收 藏 品

此刻，当我宣泄了器物对我致命的诱惑，现在我才想到关于收藏的知识讨论。我想起鲍德里亚把收藏品视为"针对自我的论述"："然而不论一组收藏如何向外在世界开放，在它之中一定有一个无法化约的元素，与世界无关。收藏者是因为觉得在不受他所控制的社会论述中，他的自我遭到异化且挥发无踪，因此他才要重组一个对他来说是透明的论述，因为他拥有其中所有的符征，而且此论述的最后符旨便是他本人。但他注定失败：他自以为能够超越，但他所持的纯粹而一致的论述其实办不到，他没有看到他只是纯粹和简单地把一个客观而开放的不连续性转移到一个主观而封闭的不连续性，而在其中，他所运用的语言,失去了一般的价值。这种透过物品进行的整体化程序,总是带着孤独的印记:它的沟通失败,而它也思念沟通。而且,这里还会出现一个问题:物品除了这样的语言,还能够构成其他种语言吗?人透过它们,除了一个针对自我的论述外,还能建立其他的语言吗?"收藏品通常被认为是构成历史叙述、小而言之是关于往昔生活世界的一种语言,然而,不同于博物馆的是,个人收藏品是关于主体的一种论述,是爱欲的转移形式,因此它时常凝聚着不易觉察的激情。

"如果一位收藏者永远不会是一个没有希望的狂人,那是因为他收藏物品,才能用某种方式,阻止他一路退化到完全的抽象(疯狂),他所持的论述因为同样的原因,也永远不能超越某种贫乏和稚气。收藏总是一个有限的、重复的程序,它的物质性本身,也就是说收藏品,过于具体,因此无法组构为一个真正的辩证结构。如果说,'一个不收藏任何东西的人是一个笨蛋',那么收藏某些东西的人,也总是有点儿贫乏和非人性的地方。"收藏品最后是一种指向收藏者的自我论述,也是一种指向自我论述的激情。注定失败的是这些符号并不是能够恰当地沟通这样两个世界的语言。

收 藏 家

物质碎片的堆积防止了他的精神分裂,或许,堆积的物质碎片就是他分裂的形式。收藏具有沉溺的特性,一种平静的疯狂。这里指的不是那些指望他的藏品会升值的人。那种人不沉溺，不倚赖，也不疯狂，他随时都准备把藏品出手。一个人总会依赖于某种东西：酒，收藏品，是其最无辜的形象。收藏是欲望的直观形式。沉溺、依赖就是疯狂。当所依赖之物仍在身边就是所谓幸福。一个处于爱情中的人是不可能去玩收藏的，热爱是另一种沉溺，一种倚赖或疯狂。这是不能转换为生产力的纯粹的耗费，它不具有任何建设性或生产性。热爱就是沉溺、疯狂，是挥霍，是极度的富有和贫穷。

手 工 制 品

在一些旅游点，比如丽江古城或平遥古城，有许多手工制品的小作坊吸引着游客：金银器，漆器，羊皮纸画，木刻，烙画……在其他地方，还有蜡染、刺绣、手工地毯、土布等。通常游客会更加喜欢那些生产与销售一体的小店。小店的主人会对讨价还价的游客说："这是手工制品。"人们把它买下，然后回家对人说："这是手工做的！"手工制品似乎有值得大加赞美的附加值。同样的手工制品要比机器制作价格贵些，因为人们知道手工制品上凝结着更多的劳动时间。在手工制品的问题上，人们似乎并不在乎那些经济规律：商品的价值是社会必要劳动时间的体现。这些手工制品所凝结的已经不是必要的社会劳动时间。那多余的时间除了工艺上需要外，似乎更多的是艺人在其物品上表现奢侈趣味的时间，是他心醉神迷的时间，是他物我两忘的时间。他花费了大大超出社会必要劳动时间，不是为了使工艺品完美，而是为了在上面最终留下个人的印记。一般来说，机制品比手工制品所花费的社会必要劳动时间要少，价格便宜而且质量常常会更好。除了次品之外，上面也没有生产者留下的个人的印记，但手工制品所体现的是假期经济学、消费心理的经济学，而不是经济社会的一般规律。奢侈的旅行者购买的不仅是一个物品，他们通常知道自己已经买下了那些精雕细刻的时间，买下了那些心醉神迷者的印记或一个地方的徽记。

手工制品甚至体现了怀旧的经济学。在经济专门化的社会之前，在城市和乡村社会里到处都是手工制品，到处都是手工作坊。那些小集镇上甚至大些的村子里有铁匠、木匠、银匠、印染、缝纫、制陶、园艺、酿酒、造醋的各种各样的手艺活。老百姓吃的穿的日用的无一不是手工制品，无一不是手工货，可以说每个家庭的主妇都是一个十分全能的手工艺人。随着经济专门化的迅速发展或者劳动分工的合理化，随着社会中的每个人的劳动更有效益、收益更高，社会生活中绝大多数的手工工艺技术对人们变得陌生了。比如有人，现在是有些企业专门生产面包、面条、豆浆，或者鞋子、扣子。不要说银器或者制陶业，每个人甚至可以不再学习做面条或水饺。经济活动专门化使生活变得很方便，人作为人的完整性似乎也隐隐约约地丧失了。完备的专门化的经济生产组织使人们失去了大部分与物质材料打交道的经验，人们不再有机会和理由摆弄泥巴、面团、木材、石料、植物,在我们单调的工作中,能够引起个人兴趣和好奇心的东西越来越少了。虽然我们仍然在工作,但每个人所从事的工作只是劳动分工下整个程序的一个环节,而手工艺人则独立地承担完成整个工艺的过程。他对这个产品负责,他甚至可以在它上面签上自己的名字。

人们在游客的身份中遇见了某种"代用经验",或补偿性的经验。人们在这些手工作坊里不仅购买到手工艺品,而且观赏它的制作,甚至可以象征性地参与:园艺、木工、铁匠、制陶、纺织、饲养禽畜以及伴随的野炊与露营。这是现代文明作为假期经济学的一部分,作为我们失去的经验的一种补偿性的娱乐式再现。在为旅行者所提供的制陶作坊或园林里,似乎人们拨回了经济专门化社会的时钟,让自己重新置身于劳动的手工艺时代,人们让时间慢下来,神与物游,让"劳动"与自己的直接动手、兴趣即兴联系在一起,而不是只与出售劳动产品联系在一起。我们的身体享受着现代社会的方便,但热爱着想象力中的过去。对我们自己时代的背叛而又不受惩罚的方式,是旅游、购买或者自己制作一件花费时间而又无用之物。

细节与隐喻

不仅是在诗歌、小说,也在思想性的文本中,值得分外注意的是它提供和叙述细节的方法。一般而言,捕捉到细节和描述细节并不算是特别值得称赞的技艺,然而它如何叙述这些细节，怎样把这个细节与经验世界关联起来，也就是赋予细节以整体的意义就成为检验一个诗人和思想者的时刻。在真实思想的时刻，细节会成为动态的思想表达，成为一些充满活力的潜在概念。而那些大概念常常是空洞的。概念始于对经验的命名，终结于概念的逻辑演绎。在学术史上，除了那些专业化的写作与研究之外，大量的概念在处理现时性的时候令人置疑，它们窃取了思想的名义却阻碍思想。那些空洞概念就像思想系统中的血栓，不携带流动性，却致使思想本身陷入瘫痪。

然而，小说的情况在告诉人们，难道不是细节方面已经出现了问题？在今天这个时代，细节表现个人和个性的因素在减小，细节所透露的个人信息与思想信息越来越稀薄，因此诗歌和小说所提供的关于细节的描述，尤其是能够构成情节的细节是越来越少了，同时大量的细节处在多余与重复之中。细节可能具有的意义被湮没在细节的超量描述之中。更为常见的精神生活病理学是，细节被装进一个没有弹性的概念盔甲，细节被削减了自身的含义和比喻意义，用以说明一个老生常谈的事情。

携带细节，或者通过细节形成的描述性概念表达了思想的流动性，是深入思想微循环的能力，细节叙述使思想的表达始终保持着一个描述性的主题，然而细节本身并不能独立地形成思想能力，细节只有不露声色地转换为隐喻才具有突然激发思想的功能。这是我们内心生活的一个古老秘密：细节转换为一个隐喻。让我举一个细节叙述的例证。穆齐尔的小说中写道：

讲求实际的现实主义者也不会完全热爱现实。孩子时他爬到桌子底下，以便用这个简单的小策略把父母不在时的房间显得惊险离奇；少年时代他渴望得到表；作为拿着金表的小伙子，他渴望与这金表相配的妻子，作为有表和妻子的男人，他渴望社会地位；当他幸运地实现了这一小圈愿望并像一个钟锤在其中平静地来回摆动时，他储存着的未曾满足的梦想似乎仍然没有丝毫减少。有意思的是，剩下的梦想与愿望就只能靠发明比喻来满足或转移了。穆齐尔写到，如果他想振作自己的精神，他就要用一个譬喻。如果有时是雪使他感到不快，他就把它比作女人微尖的乳房，当他对乳房感到无聊他就把它比作发出微光的雪；他是个万能的工匠，他显然只在乎把某种东西做成什么不存在的东西。显然他不管在哪儿他都不能长期忍受得住它。没有哪个卡卡尼（小说虚构的国家）人会从心里接受这个国家的状况，但是假如人们现在向他要求一个奥地利世纪，他也会觉得这是一个极大的惩罚。而一个奥地利年就不一样了：它不是一件永久性的事，它打动人的心，它使对祖国的深切的爱变得生动活泼。

在许多情况下人们都对自己的生活创造出譬喻，不仅使人得以忍受它，还会发明出意义。不知什么时候人们对譬喻的兴趣也会消失，于是未被满足梦幻的储备遗留在一些人的心中，于是就有了诗人继续这一工作：把生活琐事、把世界的细节转化为比喻。更加细致和内行的观察可以发现，把细节转换为比喻，就是以局部代替整体，以一个小事物喻指另一事物，我们把这些方式称为转喻和隐喻。

女性主义

　　前现代直至大工业社会的两种重要社会生活形式，即劳动与战争，都是十分笨重与野蛮的。狩猎社会中的战争如同狩猎，大工业社会的战争也像工业生产一样依赖于笨重的机械。反过来也一样，狩猎和大机器生产活动都如同战争，而且随时面临危险。因此，一种男性品质——勇武、机敏、冷酷、毫不手软等强硬价值得到了历史书写和民众生活的信奉。与此同时，由于笨重的生产方式和野蛮的战争方式，女性参与社会生活的权利与能力常常被剥夺了。因为社会权力机制总是产生于生产与战争，女性就长期被排除在支配性的社会权利之外。女性主要进入家庭形式的生产与生活，享有和创造着一个更温暖的小共和世界。无论在什么样的社会形态中，在家庭、亲友的私人空间里，女性呵护着一种人伦价值，这种情感取向的价值与男性社会所奉行的社会生产与战争的严酷竞争原则相反，它是爱、怜悯与同情。女性价值，即一种温暖与柔软的情感力量，在传统社会家庭空间之外的赓续与传播方式仍然存在，一般来说这是宗教与文学领域。只要不是好战的宗教，女性总是最好的信众。近代西方社会大量接受过一定教育的女性成为文学的主要读者。女性阅读群体的出现成为近代以来文学兴盛的重要因素之一。文学的情感价值观、一种以爱为核心的人道主义精神首先在女性中传播,并且得以向社会心理深入。与西方社会虽有差异,《红楼梦》也提供了这一见证,大观园里的女孩子们阅读的是诗词、《西厢记》等文学作品,这和要走科举之路或仕途经济的男性所必须阅读的经书也大不一样。贾宝玉的意义在于他认同的不是男性社会的权力价值而是女性的情感价值。重要的是,到了曹雪芹之后,中国的读者才懂得为一种女性价值而赞美,而感动。不是男人世界的战争、权谋得到了赞美与描写,如在《三国演义》《水浒传》等依附于历史的文学演义那样(它们更接近中古英雄史诗而不是现代意义上的文学),而是女性的敏感、爱、纯粹与痛苦得到了普遍的同情。在今天的社会,由于信息社会的出现,生产与战争方式都不再单纯到依赖体力上的勇武,女性在一切职业领域的可能性都将出现,她们在社会政治领域也将获得等多的发言权,甚至获取领袖地位。然而今天,更值得关切的已经不仅是女性参与社会生活的能力,而是女性是否以新的价值观参与社会生活,并使之产生良好的改变:改变那种从野蛮笨重的生产与战争方式中延续下来的权力意识及其价值,使关爱、同情、怜悯之情成为我们社会的核心价值。

不是我心底要的

在记忆中,真正觉得幸福的却不是终于实现了个人生活某些目标的时刻,而是自然事物簇拥在身边的一些瞬间,看见穿过草原的一条小溪，或早晨开窗时外面下雪了，这样的时辰无意间留在心底，成了幸福的依据——这是不是说我现在的生活方式全不对头呢？无论社会价值和生活观念发生了多么大的变化，心底的标准似乎永远也没有改变。如今的世界以至于一想到昨天简单、质朴的生活世界，就不由得令人觉得如痴入梦，甚至乐于忘记它的一切艰辛。

荒　　野

在荒原上行驶过久，它就开始进入一个人的内心，它同时在那里成为一种语言与沉默。它的单调的统一性消除了所有的语汇，所有的语义都像泉水一样蒸发了，这是语义的饥渴。所有的语义都变成了海市蜃楼。烈日下的荒原上，一种巨型生灵就在附近喘息，一切都笼罩在它的沉默之中。似乎是一只神兽，在提出需要人终其一生来回答的谜。而一切沉默都意味深长——问话提出之后的沉默。你开始明白非洲荒野上的雕像只是荒野的化身。荒原是原始神灵还是虚无的化身——此时大片胡杨林出现了，它们果然消除了居心叵测的沉默。美是一种宇宙论的现象，不幸的，善却不是。

细节的真理观

把细节变成隐喻并不是一件轻而易举的事情，通常人们沉溺于细节而见不到整体；而那些谈论着全局的思想由于限于概念而失去了世界的细节。我这里仍然要举穆齐尔小说的例证，在这样的描述之后我们观察细节向隐喻的转移是如何发生。"有一天，乌尔里希也不愿意再当一个有前途的人了。人们开始谈论足球场或拳击比赛场上的天才们的时代在当时便已经开始了，但是在报纸的报道中，至少报道了十个天才的发明家、男高音歌唱家或作家，才会报道一个天才的中锋或网球运动大战术家。新精神感到自己还不完全稳当。但是恰恰在这个时候乌尔里希在什么刊物上像嗅到一股提前吹来的夏熟气息那样突然读到'天才的竞赛的马'这个词组。它出现在一篇关于一场引起轰动赛马场成功比赛的报道中，而文章作者也许根本没有意识到从他笔端流露出来、透着集体精神的思想的重要意义。但乌尔里希却一下子领悟到，他的整个儿的事业上的发展过程与这匹天才竞赛马有着无法摆脱的联系。……（作为骑兵）他逃脱过马，为了成为一个著名的人，可就在他付出了变化多端的辛劳如今也许本可以感到已接近自己努力的顶峰的时候，这马却抢在他之前采取了行动，从那儿在招呼他了。……倘若人们心理分析一个杰出的人物和一个全国拳击冠军，那么事实上他们的机智，他们的勇气，他们的精确和推理以及在对他们来说至关重要的领域里的反应速度多半都是一样的，甚至在构成他们的特殊成就的德行和能力方面他们很可能和一匹著名的障碍赛马没有什么区别，因为人们绝不可以低估，跳跃一个矮树篱笆时有多少个重要的个性在起作用。可是除此之外，一匹马和一个拳击冠军还有一个一位杰出人物所没有的优势,这就是他们的成就和重要意义可以无可指责地被测量出来,他们之中的最优秀者也确实会被认为是最优秀者,就这样,如今已经按功应得地轮到体育运动和实事求是的精神来换取关于天才和大人物的陈旧观念。"

穆齐尔敏锐地捕捉到时代变化中至关重要的细节,这就是运动员、发明家、作家和一匹马之间的等量齐观,他们都可以被称作天才。而且运动冠军和天才的赛马还具有杰出人物不具备的科学的可测量、可量化的精确指标,就在人们破一次纪录,超出纪录一厘米、零点一秒或一公斤时,人们以这种方式"搞了科学"。穆齐尔感到,这种对力量、速度极其精确性的精神兴趣是一种期望、一种军事上的游戏、一种对未来的不确定的专横的要求。它是一种准备、一种锻炼和训练,人们可以用它做一切事,也可以是游戏,可以成为一个救世主或一个罪犯。那就是说,天才这个古老的概念中只剩下技术和训练,只剩下量化的东西,其中的质已经消失。一种价值中只剩余了成功,"超人",古老的真善观念,或其他精神概念事实上已被取消。在这种情况下,小说的主人公宁愿"一直喜爱精神匮乏"。他憎恨不能"为真理而忍受心灵饥渴"的人,这些人用关于灵魂的胡言乱语来安慰自己的灵魂,并且用宗教的、哲学的和虚构的情感,用这种像在牛奶里浸软的小面包的情感,喂养自己的灵魂。真实性要求人们"为真理而忍受心灵饥渴"来挡住一切无益的问题并"过一种带有过渡性原则的生活"。

收　藏

收藏品是一种知识的物化形态。物化是这个时代的特性，美、诗意、知识、文化，人们热爱的不是它自身，而是其物质形态。如果不被物化，人们将不知如何热爱它。物化形态有一个好处，就是它增加占有感。如果文化、美、诗意仅仅存在于心中，它就没有那么可爱，因此人们再也不会把美、诗、文化与自身的心性相混淆，不会真实地渴望使之成为自身的品质。人们只愿意占有它。

收藏品：怀旧的时代

一个时代的人们总是要通过向前或向后看的方式，拓宽自己生存的时间和历史纬度。他们可能通过革命，通过复古，通过经济积累，拥有、展现未来时或者过去时；他们可能通过哲学与历史学来建立时间的坐标，但在今天，人们在利用历史、考古与民俗学剩余的小玩意儿来拼贴起年代不明的"过去"：收藏品在悄悄地涌入城市居民的家中——古物，尤其是仿古物品和各种各样的小摆设、旅游纪念品和各种小杂什——许多家庭都有一个小小的小杂什博物馆。它们通常是已经没有考古学价值的小文物，某个历史文化名人的书画真迹，而更多的是廉价的仿制品和作为宗教符号和民俗符号的旅游纪念品。它们无用，但它既是一种他者的文化符号，也是显示收藏者身份和品位的社会符号。因此，真正的古物市场价值早已倍增。根据自己的品位和财力，每个阶层都有属于自身或正在建设收藏中的"旧货博物馆"。

这些旧货满足了人们什么样的需求？生活在急剧变化的时代，人们容易产生某种文化的心理上的怀旧感。在人们普遍对时间未来没有期待时，目光就转向了过去。关于过去我们能知道什么，又能够拥有什么？关于过去时代和异域文明的畅销书、关于消失了文明的电视片以及旅游公司所组织的埃及观光游为人们提供了这一需要的满足方式，满足这种需求的深刻的物化形式就是收藏品。那些东西使一个消失了的世界重现：似乎就在我们的手边。

人们收藏关于各种文化和文明的碎片；收藏各种地域和民俗的符号：瓷器、漆器、鼻烟壶、旧房子上的木雕；收藏过去时代乡村社会的符号：蜡染、绣花鞋、肚兜兜；收藏大自然的各种符号：鹰的标本、羚羊角、动植物化石。这些都是现代人一知半解的精神生活的语言符号。这些收藏品显示的是我们从来也没有经历过的经验。我们没有过那种宗教信仰，没有过那样的生活方式，没有受到那些民俗的约束，也没有为那些象征符号付出过任何代价和真实的情感。这些收藏品上也没有我们信仰的痕迹。我们只是需求这些符号。无论它们是什么，现在它们都是特殊的消费品。收藏者甚至不需要有对它们的深刻知识。

然而，这些物品，这些古物、仿古物和各种民俗主义的小杂什，仍然是一些充满魅力的能指符号。古物和仿古物品，释义一个"起源"般的时间，一个神话般的社会时间，那些民俗主义的物件和旅游纪念品，向我们释义一个遥远的生活，释义着"生活在别处"的浪漫主义情调，演绎着一种不同于我们自己所过的另一种生活。它们显示了我们对某种宗教信仰、对某种古代社会、对某种遥远地域或少数民族生活的热爱，然而，这些物品只是在表达叶公好龙式的热爱。这些文化符号的在场、在我们室内，是以它们所表征的文化真实性的缺席为前提的。无论如何，在现在生活时间出现了意义的空洞，出现了象征的匮乏时，这些关于历史、宗教和民俗学的文化符号，毕竟为人们拼凑起一个意义符号，一个象征符号，一个暗示着人类生活某种永恒性的超越了时空的符号。

老 去 的 物

在过去的时代里，是物质看着一代又一代人衰老、故去，老一代人留下他们身后的物质财产：他们建设的城池和村庄，他们的父辈打造的房屋、家具和生活器具都是坚固耐久的。而现在，是人眼看着物、看着物品一代代地过时、陈旧、老化和被弃。在当代世界，物质体系比人、比社会制度的其他方面都要老化得更加快了。人们不停地更换衣物、家具，不是因为它们破旧，而是不入时了，人们不断更新电器设施，因为许多老东西的配件和配套的服务消失了，人们甚至尽力调换住房，因为居住的理念也在变化。

在过去的世代里物质体系也有其样式与风格变化，从这些变化上我们辨认出"明代家具"或者"洛可可式家具"，然而其变化是何等缓慢，趣味的稳定似乎意味着时间的恒定。现在流行、时尚、短暂性成为我们时代的时间哲学，连书籍的生命也在缩短。我们时代最大众化的文化读物是报纸和时尚杂志，它们的年月日期标明了阅读有效期，而报纸则是不能过夜的商品，是世界上最流行、最抢手也最短命的书。而在传统社会，我们所阅读的是那些能够禁得住时间考验的经典。对文化产品来说，是信息之新和信息的爆炸替代了教诲的永恒性。闲言碎语代替了智慧。

在时尚的各种流行趋时性作用下，几乎没有什么经久耐用的事物了，物质的有效期越来越短暂。事物的经久耐用的特性本身似乎已经过时了，精心的构思和十年磨一剑式的生产方式也过时了。从物质到精神和情感，永恒性消失了？任何经久耐用的事物都意味着陈旧过时？在过去，使用老牌和老派的东西是贵族身份的标记，现在只有贫穷似乎才保留着过时的器物。当然，有些老去的物质也会突然身价倍增，进入古董的行列，而古董已经成为另外一种时尚。古董既是时尚，又是反时尚，古董是时间的辩证法。

是什么使物质衰老得如此之快速？除了我们的时代哲学之外，首先是制作它的工艺技术的变化。工艺技术本身的更替带来的物质产品的更替。在某些方面，现代工艺技术故意对产品的某个环节进行的"脆弱化"处理,蓄意减少和缩短产品的使用寿命。这是商业活动、生产方式的蓄意性所为。当然更重要的是广告行业权威性的"指导性废弃",它制造了一种强迫性购物的环境:从积极方面说,消费活动具有了价值实现的内涵,消费是一个人成功的标志;从另一方面说,消费也正在成为一个公民的社会责任:拉动内需。更深刻的动机难以描述:不停地购物同时不停地抛弃陈旧之物似乎是现代社会里人们的一种病症,也同时是一种心理自我治疗的"巫术":当一个人厌烦时,上街买东西似乎可以摆脱焦虑的幽灵。得到某个新东西似乎是重新拥有了生活的机会。人类自我厌弃的程度使他不停地追求空洞的"新",在时尚之中,意义是脆弱而不稳定的。

流行和时尚是一种时间观。它缩短了物质的生命。时尚与流行性不能毁灭一个物,但它能够毁灭一个物的价值,改变它的含义。老去的也许不是物质,而是人们附会其上的价值与意义的寓意。人们不得不看到,对社会进行价值指导的和生命意义轨训的不再是从事精神生产的人们,而是直接从事商品生产和指导消费活动的行业。

分类学或博物学中的笑声

世界知识图谱上的许多分类都会带来愉快的笑声,当然,这是现在,某些知识分类当初或许并不是好玩的博物学知识,而是一种严格的世界观,甚至是一种"永恒真理"与普遍原则。

王夫之为宇宙万物的分类①像极了博尔赫斯的一篇小说中关于中国知识分类学的叙述，也许这位图书馆作家在哪本百科全书里看见过这一中国式的分类。的确，一种有趣而会带来笑声的认知分类：

1. 风、霆、雨、露：天上之物。
2. 山、陵、原、隰：地上之物。
3. 阴、阳、柔、刚。
4. 飞、潜、动、植。
5. 民之厚生利用。
6. 得、失、善、恶。
7. 父、子、兄、弟。
8. 往圣之嘉言懿行。
9. 仁、义、礼、乐。

事物的分类不是依据自然范畴的概念，分类是一种主观性的观察和思维范式，对王夫之，尤其是一种道德范畴。这里的分类在他看来足以使道以显、德以明。事物的分类似乎最终是为了表达事物特殊的混同以及事与理特有的混同：道德的和物质的，可见的与不可见的；自然法则与伦理秩序：成形而下为形而上的根本，形而上者内在于形而下者。或许这就是朱子所说的"理一分

---

① 张君劢：《新儒家思想史》，中国人民大学出版社2006年版，第17-418页。

殊"。分类见出的是殊异、个别、事物，殊异与观念的普遍性之间的浑然无分或浑然一体表达的是"理一"：一切之中的一。

原 始 分 类

语言是最原始最基本的分类体系。汉语文字的分类学基于文字的偏旁和部首。最常见的偏旁首先是五行：金、木、水、火、土；日、月、阴、阳；性别：女，人，以及标志男性的单体人、双体人；然后是五官（脏腑）：目、耳、口、心……；四肢：身、手、足、止……；自然事物有难以预计的变形，金木还是耳朵乃至心，都有许多的变体和延伸；雨字头之类的是水的分支；言是口的延长；等等。还有动物的偏旁，犬、羊、牛、马类的区分，鸟、虫、鱼的分类。所有的事物都有更细的划分，草字头、竹字头等植物类的分类，米、禾字旁等，显然，这些是木的分类体系的分支。除了最常见的自然事物的分类，还有人工制品的丝类：衣，戈、矢，曾，车；人类劳作的范畴：石，玉，田，户，穴，广，厂，井；人类观念的范畴：鬼，氏，示，尸，病，文，贝；等等。

继续掉书袋将会做成一篇外行的文字学，最初的想法只是为了提醒一个已近乎遗忘的认知：语言文字不是许多单独存在的字的汇集，是一种对世界的分类系统，一种看待事物和世界的方法。语言文字是最早的一部关于世界的百科全书，也好似一种最质朴的哲学。当然，如果愿意细分的话，可以说它是一门植物学，动物学，矿物学，药物学，民俗学，神话学，形而上学或神学，诗学。命名本身就是将世界事物系统地转向观念世界的一种步骤。

商品的礼拜仪式

泰纳在 1855 年时说，世界博览会是人们膜拜商品的圣地，"整个欧洲都去看商品了"。在世界博览会出现之前，欧洲各国已经有了自己的展销会。展销会几乎变成了人民的"自由庆祝日"。在晚了一个多世纪之后，世界博览会也来到了中国，而商品展销会则已经成为城市的一个日常景观。随着市场经济的繁荣，我们的城市开始具备了商业活力和美学感觉，开始恢复了城市古老的戏剧性和它的节日形象。连古老的庙会也被重新邀回城市，只要一上街，就会发现整个城市的确"都去看商品了"。

一个多世纪以前，马克思就像小说家那样描写着他身边的商品拜物教气息的城市景观："在伦敦最繁华的街道，商店一家紧挨一家，在无神的橱窗眼睛后面，陈列着世界上的各种财富：印度的披肩、美国的左轮手枪、中国的瓷器、巴黎的胸衣、俄罗斯的皮衣和热带地区的香料。在所有这些来自如此众多国家的商品正面，都挂着冷冰冰的白色标签，上面刻有阿拉伯数字，数字后面是简练的字母 L、S、P（英镑、先令、便士）。这就是商品在流通过程中所表现出来的形象。"马克思这些话的描写特征直到今天才成为我们身边的景象。马克思正确地看到了世界经济的发展和阶级斗争的发展,而今阶级斗争似乎已经偃旗息鼓,世界经济正急剧发展,只是笼罩着民族冲突的不祥阴云。

然而,每日都徘徊在国门之外的战争与死亡的新闻报道,不正好与对人倍加呵护的广告声息相通:及时享受生活。商品登上了令人膜拜的宝座,法国作家鲍德里亚说"我们的超级购物中心就是我们的先贤祠,我们的阎王殿。所有的消费之神或恶魔都汇聚于此"。我们在这里游荡,漫步,观赏,看与互相看。这里不是果园、草原和农庄,但是流淌着蜜和牛奶,有着累累的果实和簇拥的鲜花,如同一个被创造出来的一个异常肥沃的自然。食品、饮料、烹饪材料、服装、电器以及各种把妇女从家务中解放出来的发明物,甚至这里还有小摆设、古玩、饰物、唱片和刚出笼的畅销书,商品不仅是出售品,也是一种展品,商场犹如一个现代物质体系的博物馆。甚至还有咖啡馆、茶馆、快餐厅、儿童游乐场、小影院、按摩室等,超级购物中心或大商场如同商品的古老集市场面,只是环境更加舒适、优美、艺术化。比起古老的商业集市,这里不受异常天气和极端气候的不良影响。美人从广告上和各种商品后面向人们微笑,在传统的节日衰落之后,在政治集会消失之后,人们在这里被商品和商业气氛重新融汇在一起,并且把现代生活节奏与昔日的闲逛融汇在一起。商业街,那里还有一些专卖店在轻轻地上演各种商品的独奏音乐会,超级市场、购物中心已经成为人们的一个多功能活动场所。在这里闲逛代替了昔日的逛公园，代替了走亲访友，甚至代替了白日梦。商品世界已经把自己升华到节日形象和梦幻景象：它似乎已经成为人民的欲望、庆祝物和梦想的源泉。人民来这里礼拜自己的欲望和梦幻：只是那些商品戴着诸神的面具。

最美的消费品

在消费社会，经济技术和服务行业尽其所能为人们制造各种各样的消费品。当衣食住行的基本需求达到了一定水平，人们发现，最美好的消费品不是人造的东西，而是上帝或造物主所创造的人：男人和女人。消费活动最终指向了自我消费和对他人的消费。而人所创造的消费品，似乎只不过是为了把人的身体扮靓而已：借以增加男人与女人之间的欲望与诱惑力。因此应该说，最美的消费品是：以人的身体为对象的附属其中的激情、欲望、迷恋和其他深不可测的秘密。

男人和女人之间的相互需求是古老的神话与诗歌中就反复深情讲述的。通过自己的深情打动对方，通过展示自己美好诱人的一面吸引异性，无论是情歌、健康美好的肌肤、教养，都要通过一个引诱的过程。有时这个引诱过程是漫长的，对人类文明来说，这种引诱过程比其结果更具有意义。在引诱的过程中，个体的男女通过展现他们的美，引发了物种的进化。引诱过程同时和直接地就是一种文化创造过程。引诱行为直接地产生了音乐、诗歌、舞蹈，诱发了各种各样的写作，从私人日记、书信到各种文体形式的创造。引诱过程的文明化成为个人欲望的升华形式。这几乎就是这个世界看上去显得美好的原因。

现在这一过程被类似"购物"的方式所替代，并且减少和缩短了时间与方式。不同的是需求的对象更直接，完成这种需要的手段更单一。他们舍弃了对对方更永恒和更深刻的占有与享用。他们选择的场所不会是山林田园，也不会是同窗共读的时刻，那是孩子们的地方，现在人们选择了那些更具有商业性的地方，而他们所需求的对象，也无须费神地劝诱，对象已经商品化甚至已经明码标价了，就像马克思说过的，她们身兼二职既是商品又是售货员。他们每次都为这种拥有结清账目。而这种情感交流变成商品交换的特性，即商品化或拜物教也暗自向其他社会群体蔓延。在许多商品的广告故事中，情人或一对年轻的夫妻之间最浪漫的时刻就是对方献上昂贵消费品的时刻，递上浪漫的消费品变成了资产阶级或小资们经典的浪漫求爱方式，对方在奢侈消费品面前的无限陶醉或一见钟情式的眼光，也成为接受求爱的经典情节。脸上所洋溢的快感是只有在巅峰时刻才会出现的。显然，一个人只有买得起才显得可爱。一见钟情是对物的感情，也是性爱的移情和隐喻式表达。消费品的交流带来了永恒瞬间的情感交流或性的交流。毋庸置疑，广告故事中的小资们经典的浪漫求爱方式正在像19世纪里的浪漫爱情小说那样被人们大量模仿。一切都可以通过直接的购物活动来实现，物成为最有魅力、最激动人心的词汇：一切尽在不言中。就像货币已经成为不同民族、不同宗教和文化传统的人民之间唯一通用的和没有障碍的语言，成为不同语言的人民之间的共同母语。与之相比，其他的一切差异都可以被忽略，或日益失去它的重要程度。

虽然一次结算具有很多便利和轻松之处，但很明显，这样的消费者在内心仍然是不满足和意犹未尽之感。他花钱所购买的消费品并没有给予他表面上暂时看到的东西：柔情、亲密和甜言蜜语所表达的一切。看来最美的消费品不只是人的身体，而是以身体作为载体的风情、修养、品质和内心的关切等美好情愫。而身体之美在于它是这一切的载体和传达者。一个消费者最多买到风情，而后面愈加美好难言之物愈难以享有。如果消费者期望得到这样的享受，"购物"方式以及发展生产的方式就都远远不够了。最美的"消费品"需要消费者自身拥有感受美好事物的能力。当消费品的消费能力不是付钱买单，是暧昧的言谈，是心智活动中的取悦，和情趣的诱惑时，这样的欲望就成为一种文明。最值得消费的，或者说最值得人们体验的是人的欲望的升华形式，这样的形式除了体现在文学艺术形式或其他物质化的形式中，更令人心动的体现形式就是人本身，人们在对方身上所消费或者恰当地说在对方身上所享受的就是美、意义和文化价值本身。当粗鲁无知的付账买单再也不能买卖"精神产品"，情感再也不能成为简单流通交易的商品，人们就是在以情感交换（交流）情感，而交流就替代了贬低性的身体交换，特别是钱色交换。最美好的符合人性的消费社会，还远不是目前的状况。当人类社会最美好的消费品变成了消费者要把自身变成一个情感的给予者，至少也是心智或情趣的付出者而不单是金钱的付出者，把自身提升为一个情感的表达者的时候——即从消费者变成一个交流者的时候，当面对"最美的消费品"，消费者重新成为诗经时代的歌手和舞者时，那时才是人类发展和享受自身的乌托邦世界。作为粗鲁的交流（交换）手段的金钱退出重要，而诗、歌、艺术才又恢复了它的原初功能。这当然是一个值得人羡慕的乌托邦。这个乌托邦遥遥无期，但它也不仅是指向未来的乌托邦，这个乌托邦也存在于现实的可能性之中，存在于应该如此的生活瞬间。

暴　　力

暴力是联系的切断。暴力是孤独的坚守也是孤独的悲惨爆炸。暴力是人类社会关系形式的悲惨蜕化。暴力切断了人与人之间的内在交换形式，无论是语言还是经济交换都被暴力所废除。暴力似乎坚持着自我（一方）的本质性的孤独，与他者不存在任何沟通与交换的可能，不存在同情与换位思考的余地。暴力切断了文化在人们之间所创造的一切交换形式。暴力的主体性孤独意味着对他者的贬低。一切他者都只配接受既定事实，否则将会遭受身体上的伤害。伤害或威胁伤害就是暴力所宣布的人类关系。

战争交换

在政治与经济形式的交换之外，在思想的交流之外，总之，在意义的交换之外，人类社会之间一直存在着噪音、紊乱与狂躁的交换，存在着无意义与死亡的交换，自然还有财富与贫穷的交换，无权与权力的交换，暴力与屈服的交换。如果没有一种合法的与和平的形式，即交换死亡与无意义的文明形式，战争就是死亡的交换，战争就是无意义的交换，就是无权与权力的交换，财富与赤贫的交换，是噪声、歇斯底里、虚无与精神紊乱的交换。战争常常以爱国主义之类的陈词滥调掩饰了死亡与歇斯底里的交换。正如陈词滥调与含义的死亡雷同，爱国之类的陈词滥调与无意义相同。在人们看来，无交换形式是更彻底的孤独、沉寂与灭亡，无交换是熵的彻底胜利。因此，在讲究速度与大规模交换形式的社会里，自然经济的交易不足，或农耕社会小型范围内的生活必需品的交换就似乎如同一种发展的停滞，几乎是历史的取消。但是，机械与信息时代所发明的战争交换，则存在着无意义能量最终爆发的危险，即以反自然的方式抵达自然最终的寂静与平衡。

拒不服从的身体

一下子，躯体对他来说变成了一个与他自己不同的事物，它是疼痛和不幸的感受中心。它不是满载着"我"的工具，不是一个驯服的奴隶。它不接受来自"我"的安慰与欺骗。过去它沉默而服从，从不提出自己的要求。但现在，你唤醒了一只小野兽，就像你启蒙了一群奴隶，他们要造主人的反。身体仍然在渴望着肌肤之亲，另一只小野兽的亲昵。或许真的是它嘶哑的另一半。离去撕开了完整的身体。它为渴望重获完整而饱尝痛苦。身体一直在发出含混的语言，不是"我"在说，是身体在没有言语地说。而"我"竟然全部听得懂。疲惫，撕裂，欲望，混合的疯狂。每一个野兽的身体都如此，没有新意而陌生如初。

没有个性的经验

有自己的经历和个性与没有自己的经历和个性之间的差别只是一种态度上的差别，在某种意义上是一种意志的决定。人们可以对遭遇到的或所做的事采取更一般或者更有个性的态度。人们挨了打除了会感到疼痛，也会感到感情受到伤害，于是这打击便越来越厉害；挨了一个耳光也许并不比跌了一跤更疼痛，但却是一个更大的伤害。脸面和挨打都以更加个性的方式也就是以精神性的眼光来看待了，或者说真正的痛苦是以象征的方式来看待皮肉之苦的结果。挨打不是被理解为人的身体与物的接触与摩擦，而是视为羞辱或惩罚。人所不能忍受的不是前者，而是后者，不是肉体之痛，而是精神之痛。但是人们也可以以运动员的方式来看待它，把它看成一种障碍，这样人们既可以不被吓住也不会勃然大怒。也就是说，当人们消除了摩擦与冲突中的象征因素即情感和精神元素，痛苦就不再成其为痛苦，不可忍受的事件就消失了。没有羞辱，也就没有怒火和复仇。以运动员的方式看待遭遇，后来就会变成这样的状况：人们压根儿就不理会它。以运动员的方式对待伤害的结果是：不会发生别的事情。事件的连锁反应的链条是个性化的、精神性的也就是象征性的看待事情的方法，现在这个个性的链条被解扣了。

致命的单调

单调与孤独是人难以摆脱的常态。一旦单调在事物中形成，孤独就出现了。在单调中失去的不仅是人对环境的感知，还失去了自我感觉：感觉到自己在生动真切地活着。唯一的感觉是厌倦，或者疲惫。一个人对另一个人的厌倦只是自我厌倦的替代形式。而对另一个人的背叛只是始于自我厌倦。当他面对一个新人时，他恢复的是自我感觉：他面对一个新的自我。他开始感觉到自身的存在，感到自我对自身的被更新了的层面。一个人最易于厌倦的不是另一个人，而是自己。与一个具有陌生感和亲和力的人构成一种新关系，可以克服对自我的厌倦。这是喜欢上一个人的理由：在另一个人那里重新感知自己。这是亲和的陌生人的魅力：自我被感受为陌生而亲和的新我。无奈我们建立良好而有创意的人际关系的能力，远远不及自我厌弃的速度。一个人与自我的关系是脆弱的，人与他人的关系就建立在这种脆弱性上。

改变自我感知的方式代价最小的是旅行，由于促使我们以新眼光与自我建立良好感觉的机缘不容易获得，旅行直接带来了感知环境的改变。旅行中的环境恢复了新的视线、听觉与感触，旅行是为了摆脱单调与孤独，在与环境的愉快融合状态中重新愉快地感知自身。旅行是爱的替代，是对世界之爱的恢复，是单调与孤独疾病的康复；旅行是无罪的背叛，是没有内疚的新鲜邂逅；旅行是不断地告别，也是不断地流连眷顾；旅行是处在陌生感知条件下的对新鲜事物的认知。最后我们发现自我至少暂时地变得可以对自己比较认同了。他在对世界的观看、感动中感受着自己的感觉。还有其他处方在居家的日常生活中可以服用：音乐和书。只是有时候这些东西中也会含有单调与孤独的毒素，尤其是在长期服用的情况下。

词　　语

很久不写作了，当我坐在电脑前想写一些东西时，首先的任务是找到或者恢复对词语的感觉，就像一个人想唱歌先要找到音调。恢复词语的思想能力，然后才去想我想要表达的想法。有一些书不是用来按部就班阅读的，而是用来找音调，或恢复词语的呼吸功能，它不是排列在书架里，而是床头或书桌上，用于起兴。有时候，听一支歌也具有起兴的作用。我常常并不清楚咖啡和歌曲中的什么元素悄悄深入了自己的文字。

时间之谜

他就要前往她那里与她会面，在火车上他是快乐的，他看书，喝水，走动，对，看书是在等她，喝水和走动也是。这一切小细节小动作里充满了焦急而快乐的意味。他延宕着我的快乐，他希望车速更快，然而更暗中希望拖延他的快乐，这是一种时间的计算法，这是趋向于她的时间现在；他想到了这一秘密时刻：我愿意拉长我的期待，拖延我的欲望，我愿意看着火车停靠一个个小站点，我愿意看见远处的小山缓慢地移动，愿意看见小镇上孩子们张望的脸孔：你们不知道我现在是多么幸福。既然知道一切都只在过程之中，为什么我不尽情享受这个秘密一样的过程？他想。现在多好，至少我暂时还不为离别而伤心，不，我在为会面而快乐着。即将快乐已经使我快乐了，就像曾经有的即将离别也已经让我悲伤。我在其一生中是否也应如此？一旦我见到她，时间的计算方式就倒置过来，她的离去就已经在场了。因此我甚至不明白会面是在哪一刻开始，而离别又是从哪一刻到来，它们相互交换彼此的时间。他想象着无穷的时间之谜。终于看着她时，他想伸手找到时间秘密的开关，关掉时间机器，至少放慢它逃跑的速度。开关是农妇剥在手中的玉米，是古墓刺柏之间的风，或许近在咫尺的她衣服上的某个纽扣，恍惚之间似乎他还有能力这样做，似乎还来得及伸手关掉它。望着她的脸,他总想从中发现取消时间的秘密装置。至少我要找到放慢时间流速的那种感受,他想,我要拉长这个下午,这个夜晚。如果夜晚也已经到来了,还有黎明,他愿意想象,明天是遥远的。

疯　　狂

恋情的逻辑与婚姻的逻辑是相反的。恋情是沉溺、疯狂、挥霍,它与任何形式的积累无关,对于恋人的疯狂来说,线性时间没有意义。它甚至与生活无关,它不考虑进取、计划,活在当下、活在一个小世界的缝隙里是它唯一热爱的。她们不觉得任何空间小,不觉得任何一段时间拥有长度。世界总是摇摇欲坠,瞬间即逝。当一对恋人考虑婚姻时,他们已经不再处于沉溺与疯狂之中,他们开始计划、进取,开始节制,甚至开始积累。他们的情感也开始成为积累型而不是耗费型。事实上他们开始反对自己,背叛自身的前一时刻。减少存在以便更多地占有:无论是对方或自己,情感开支还是经济开支。当他们希望以连续性的生活接替他们幸福的瞬间时,这次是真的疯了。这是一种丧失了热情的疯狂。当他们以积累来取代挥霍时,沉溺已经消失。他们上岸了,把自己蒙在鼓里,却又相互指责彼此丧失了热情。

人值得为之一活的时刻存在于难以承受的痛苦瞬间。幸福是致命的。幸福于瞬间爆发。幸福不是连续性的状态。幸福是爆发，在瞬间之中漂移。因此幸福让人绝望，享用它的人处于濒危状态。死戴着面具。但他佯装对此无知，对永恒抱非分之想。幸福不服从连续性，它总是在瞬间爆发在瞬间消失。幸福最多是连续的瞬间：当我把你不在我身边的时间从我的感觉中删去。

记忆之书

　　重要的不是相互衔接的记忆，这是不可能的，回忆没有日期。季节与时辰它们才是回忆轻微改变的标记。回忆起来的下雪一定是许多个冬天重叠在一起的早晨。炊烟也不是某一天早晨的。灯光也不亮在某一个夜晚。记忆之书是按照奇怪的书法书写的：一边是重叠，一边是空白之页。是因为记忆的重叠才产生了空白？

多重时间

　　在思想史上，时间的观念一直是神圣领域的事，时间由宗教和政治价值的谱系来下定义，使时间具有戏剧性和活动的活力，使时间之箭头指明人类的方向。时间似乎是宇宙之神灵的抽象化，是它的化身，数千年之中，对时间的分析与表达似乎一直是僧侣的事。他们的语汇和参照物是难以理解的，我们可以发现时间的存在已经成为一种被感知的特殊的现实。钟表的普及，通过电话、传真、电视及时传递信息，构成了一种现代感知，它震撼着时间。巴什拉区分了时间的四种形态：在自身的、每个人特有的主观时间，以确信自身死亡即将来临为起始，它产生一种"内在心理钟"；社会时间，它根据伦理的和实际的价值等级，使社会富有活力并保持统一；哲学——物理的生成时间；时间现在，一个谜一般的现在。

死 亡 颂 歌

死，撒手于经济积累、知识的积累、名望的积累，一切资本（象征资本除外）缩水为零。对其个人而言，象征资本也永无一物，永无转账之日，永无提取利润之时。在市场意义的世界上，人没有什么可以与死亡交换。死亡是交换活动的中断。一个人的死是所有经济活动中最亏的，因此一个富人的死亡使最穷的人也觉得自己活着"值得"：他侥幸得以延续生命，就像突然发了财一般。即使穷人处在经济活动和交换的劣势地位，也仍然优越于富有的死者。富有的死者已经什么都不是。穷人突然体验到某种公平的时刻。但仍然可以说，一个人的死亡，任何一个人的死都像一个富翁，他把所有的积累在顷刻间挥霍一空。死亡揭示了生命的另一面具：这是纯粹的耗费，是奢华，是节日。一个人积累着他的一切,在死亡的瞬间突然挥霍殆尽，为了纯粹的消耗而不是为了积累,这是人突然进入伟大的一瞬：一切积累化为零的时刻。死亡是一个挥霍无度的时刻，一个奢华的节日。死亡是纯粹的耗费，弥散，挥霍；死亡是无目的，无用处，无利益，无交换的时刻，是狂欢，是节日，彻底的耗散。日常生活中的挥霍也带着某些放纵的觉悟感。穷人的节日，富人的日常奢侈，以及慈善行为——戴着一个仁慈、均贫富的政治经济学假面具——也是这样的耗费，狂欢，挥霍，无目的。死是一个节日，结束积累与交换的游戏。死亡，如节日一般，奢华，进入存在。

自然的缺席

我曾经多次去草原，到人们所说的大自然中去。我相信自然一直都会在那里，在我们不开心的时候，或在我们有闲暇的时候，就能够回到自然之中。像一个永久的家，一个不变的地址。但从未想到有一天"自然"也让我不得开心颜。有一次去香格里拉，司机说依拉草原你去了吗？我们就去了。下车看见草原有了一个入口处，那里要买门票。草原？商品？自然已经不是自然，自然已经成为商品。那里还搭了几个帐房或许是蒙古包，甚至还有一座佛塔。可我知道，这些不是当地人居住的，它从来没有被当地人住过，佛塔也没有被朝拜或举行过真正的佛事。它是为游客、为我这样的人预备的。

一路上洋溢在我心中热爱自然的冲动被轻轻地嘲弄。草原门票发出了讥笑。谁竟然能买得起自然？谁就这样从穷光蛋一夜之间施法术般地变成了大老板，并居然能够买得起大自然，买得起这些山，这些草原和天空，和下面生长着的他们一无所知的花草树木，以及那些清洁的露水、虫子和飞鸟？他们凭什么就能够把本来属于人们的东西据为己有，并且买空卖空一般地作为商品向我们兜售？我知道我的问题在经济社会听起来蛮横无理，那只是因为他人的蛮横更为可怕，他们能够把蛮横变得有利、有理、有力。不仅是草原，还有海滩、湖泊、山野、森林，甚至是沙漠，在某个地方都被圈了起来，成为可以出售的商品。我们再也见不到真正的自然了。在额尔齐斯河边，哈萨克女作家叶尔克西发出感叹："这是我的家乡啊，我都在这条路上走过几十年了，就在额尔齐斯河边，什么时候开始，再要看它的时候我必须买门票了？"就在叶尔克西感慨的时候，旁边有人说一个老板投资了这个项目。听起来真够荒唐的，在额尔齐斯河或在某片草原、湖泊投资无非是把地圈起来，盖个收费的大门，盖个洗手间什么的，估计他还要象征性地承诺"保护"自然，然后就可以开发旅游收钱了……算了，真正叫人失落的是我们没有自然了。以后我们热爱的都是他人的财富。只有古代诗人才有这种福气说清风明月不用钱买。看来诗人也有丧失想象力的时候。咳，以后我还能够心安理得地使用那些自然的词语吗？它让我去想，草原、河流、山野、土地、岩石，是什么意思……

手工艺人式的写作

在资产阶级的时代,在工业工艺的时代,即使在传统的农业和许多手工业行业里,真正的手工艺越来越罕见了,手工艺的劳动形式和劳动时间与现代社会的许多方面都背道而驰。但自从——比如自从福楼拜以来,手工艺式的写作成为现代文学写作的一种典范。一种个人色彩的修辞学的形成,是一个写作者是不是文学性写作的试金石。风格建立在这种个人的修辞学之上。就像在巴洛克风格的写作中表现出的要素那样,罗兰·巴特曾经谈到,一种奢侈的、贵族气派的修辞学风格的建立和建立一种历史危机的条件,他说:"这种历史危机将开始于审美的合目的性不能满足证实这种贵族式的言语活动的规约的日子,即历史将在作家的社会天职与由传统交递给他的那种工具之间引起明显分离的那一天。"然而,手工艺式的文学写作仍然属于资产阶级的业绩,巴特说,就像附属于形式的一种偶像,"这种形式是精工细作的,它无疑处于资产阶级活动的实用主义之外,然而却寓于日常工作范围之内,并被一个不承认其梦幻却承认其方法的社会所控制。既然文学不能在其自身被征服,那么,公开地接受它,并且由于注定要从事文学的这种艰苦事业因而去'出色地工作',这岂不是更值得吗?"因此,写作的"福楼拜化",或者写作的精工细作的手工艺化,可以看作是资产阶级社会"对作家的总的赎买"。

路　　标

我承认，在事物或风景中间涌现的思想使我享受着秘密的快乐，而不是抽象的观念。在内心忧郁的时候，一条大路会笔直地伸向远方，一棵大王棕凌空蹈虚，或突然会想念草原上的星星——但是必须，我注视它的时刻它适时地出现了思想的模糊投影。它把我反映到另外的背景之中。

女 神 之 死

谈论女性在今天可能是一个半轻佻半神圣的话题。说它轻佻，是因为女性，关于女性的话语和形象，已经成为一种当今世界的"消费品"，人们在各种纸媒、电子媒介中消费它，在广告和商品的包装中"被赠送"式地消费它。在消费社会，女性话语、女性形象、女性氛围乃至她们自身，都在成为"最美的消费品"。固然，从大量现象上看，女性处在消费社会的核心，大量的消费品是为女性准备的，然而，这并不能使作为消费者的女性摆脱最终被消费的逻辑。说它神圣，是因为无论怎样，女性都为这个世界倾注美好与慰藉。女性在商品世界中仍然具有一种准宗教的意义，一种半神话的形象，和一种泛文化的象征。

但丁与歌德诗篇中的"永恒的女性"正在从世界的舞台上消失，甚至从文学与诗歌中隐去她们的身影。古老的英雄史诗中使英雄成为英雄的神圣的女性，引导诗人走向天国的精神化身的女性，引起生活和生命向美好而有价值的方式发生转换的女性，在社会生活的舞台上似乎越来越少出现了。在文学的话语谱系中，女性被认为是一切自然与美好的象征，是世界最后的和最终的神秘主义，女性崇拜或女神信仰是最后的人间宗教，因为她是关于美的教化。世俗化进程已经侵入了美的最后的领土。

对美女的崇拜仍然存在，然而突出了她的性征。"世界小姐"或其他小姐成为某种人们所欣赏的"金发小丑"，成为大众情人——因为她们的青春、她们的美貌和她们的成功。她们在受到人们普遍崇拜时，同样受到人们的亵渎。她们不能逃脱被羡慕和被嘲弄的双重命运，她们不能逃脱当代公众人物的普遍命运：被崇拜和被嘲弄，被羡慕和被亵渎。她们的形象在大众传播中成为被人们所消费的事物，成为人们空虚心灵中的精神鸦片。

开 始 者

里尔克在《关于物之旋律的笔记》中写着："我想不出更快乐的知识，除了：人必须成为一个开始者。一个人写下第一个字在一个数百年长的破折号之后。"每个写作的人都曾经这样梦想，但技术恐怖主义在空间上的扩张正在蚀空历史长度，也许现在只能作为一个结束者而写作。

愚　蠢

愚蠢这个观念应该成为知识概念的一部分，也许应是自我意识的一部分，人类事务中的一种无法清除的要素。它是许多罪恶的没有责任人的属性。免疫力存在于愚蠢意识之中。巴特在"蠢货"一词下写道："传统看法：愚蠢是一种歇斯底里。只需要把自己看成蠢货，就可以少做愚蠢之事。辩正的看法：我同意使我自己多元化，我同意在我身上存活着自由的愚蠢区域。……他经常自我感觉是愚蠢，这是因为他只有一种精神智力（也就是说：不是科学的，不是政治的，不是实践的，也不是哲学的，等等）。"仅仅是抄写它，因为我对它——自己的非知识、非专业无话可说。置身于非知识之中，写作并不打算取消它，而是把它包含在自身之中。

个人的语气

如果写作是一种个人表达，就像一个人在说话，个人的语气就成为其中风格与思想样式的奥秘。那些缺乏真实性的文字首先是个人语气的缺少，既非沉思，又非雄辩；既无伤感的，也无嘲讽的，甚至没有狡黠或者傲慢的语气，这种写作多是学舌。他在谈他个人并不知道的东西。相反，个人的语气的感知使读者放心，是一个人在说话，你可能喜欢这种语气，也可能会讨厌它，在话语或文字的某处，你听到发出讥讽或感怀的人就在那儿。说话人的在场才会有语气。写作的困难就在于把握住个人的语气。语气是个人修辞学的秘密。话题和材料都可能是沿袭他人的，然而装成另一个人的语气说话是可笑的。语气的存在提醒写作者的是：不必装作你的话语是客观的，不必装作写作真的是在做科学研究。

作为阅读的写作

苏珊·桑塔格说："阅读与写作的巨大差异就在这里，阅读是一种素质，一种技能，实践愈多，你必然变得愈专业。而你作为一个作家所积累的东西，则大部分是不明朗和焦虑。"专业写作或者某种程度上的学术生涯使用你所积累的阅读，是阅读的再现或对知识的马赛克式的组合，而写作则要不断以"不明朗和焦虑"为起点。"写作是你给予自己的一系列许可，让自己以某种方式表达、发明、跳跃、飞行、跌落，寻找具有你自己的特色的叙述和坚持；即是说，寻找你自己的内心自由。"这样的写作形式只能是叙述，因为它的规则是自己的独一无二的创制，而且对自己也下不为例。叙事是多元的载体，可以同时容纳知识理性和不明朗与焦虑。

非神圣化，或价值变形记

马克思的观点与修辞之间充满自身的张力。作为观点他赞同的东西,他会在修辞行为中给予尖刻的讽刺。他在批判资本主义时,他知道资本主义正在充当旧世界的批判者。无论关于非神圣化还是关于虚无主义问题,马克思的见解要比尼采之类要复杂深刻。因为尼采是高烧的邪教教主,而马克思的批判激情是冰冷的。"它用公开的、无耻的、直接的、露骨的剥削代替了由宗教幻想和政治幻想掩盖着的剥削。……资产阶级把个人的尊严变成了交换价值",它意味着当人们看着价格表,在买和卖的时候,不仅是为了经济问题,还是为了寻求人的尊严问题,什么是值得的,什么是有价值的,什么是值得尊敬的。其他的价值都变成了"交换价值,用一种没有良心的贸易自由代替了无数特许的和自力争得的自由"。他是说市场(资本主义社会)并没有完全抛弃价值,而是转换了旧的价值结构。人们还在寻求"尊严"等,只是进入了市场,并贴上了交换价值的标签,获取了作为一种商品的灵魂。因此,任何精神需求、文化需求,甚至是心理和情感需求,都会有人把它以商品的形式打造出来,进行出售。都是市场的贸易自由原则所允许的:只要卖得出去,就是有价值的。反过来,只要买得起,就是有尊严的。这就是现代虚无主义的全部含义。尼采、陀思妥耶夫斯基归因于上帝之死或韦伯归之于理性主义,在马克思看来问题要世俗和平凡得多:虚无主义已经成为经济秩序,就像人的价值等于自由贸易中的交换价值。

回忆中的诗

阅读古诗犹如印证一种回忆，古代诗歌的知识如同血液中的一种元素，好像不是在阅读它们，而是在回忆它们，回忆一种曾经经历过的生活世界，体验一种失去的经验。回首古典诗歌中的山水风物、汉宫秋月，有如李后主一样感受到一种"故国不堪回首"的家园的丧失感。读古诗犹如凭吊一个文明的废墟，连他们的放浪形骸、纵情青楼也带有一种颓废之美。杜牧的忏悔录《遣怀》中的风流云散之美超过了道德上的悔罪之意："落魄江湖载酒行，楚腰纤细掌中轻。十年一觉扬州梦，赢得青楼薄幸名。"仔细想一想：这是828—839年间扬州城里的纤细楚腰。哈，那些没能应允把握"楚腰纤细掌中轻"的女子依旧在诗人的心中留下了不朽的沉沉离愁别恨。只不过是为秦观笑举翠袖纤手分茶斟酒的一个越女，也使秦观写下了《满庭芳》：

> 山抹微云，天连衰草，画角声断谯门。暂停征棹，聊共引离尊。多少蓬莱旧事，空回首，烟霭纷纷。斜阳外，寒鸦万点，流水绕孤村。

不过这首词的上片一点儿都没有提及那个越女，倒是描绘了一个寂寞的古典空间。读古诗我们能发现多少对现实的征引！古典诗人为我们留下多少现实性的证据，多少事物的碎片，多少悠忽的片刻和瞬间！这是烟霭纷纷、山抹微云的时刻。然而,"山抹微云"果然有如此的重要性吗?炼一字的意义无非是为了获得现实,为了获得在瞬间呈现世界的力量;为了使如此易逝的生活世界变成物质世界的最后状态。古典诗歌有许多看起来纯粹是描绘性的文字。比如这里的"山抹微云,天连衰草""斜阳外,寒鸦万点,流水绕孤村",它尽可能详尽地描绘现实,直到形成了一种气氛环绕的周围性、一种临场感或在场性。它们都暗示出目光的承载者,看见这个现实的人。然而与小说的详尽的现实观有所不同,古典诗歌对世界的描绘不是为了提供一个环境,而是提供物质世界的最后状态。他只是"引证现实的最后状态",这是存在世界在物质方面不能超越、不能后移的现实,对它的逼真描绘既是对现实的命名,也是对现实的想象。还有,就是对如此这般地存在于那里的世界的刻骨铭心的迷恋。在秦观这里,这一切迷恋之情都会回到那个已经看不见的越女身上。分手时的痛苦就在于知道将不再能够"看见"。我要对"看见"再做一些注解——"你看着我,就是在治疗我。"这是一首民歌中的歌词。如此这般地看见就是幸福,如此地看着就是爱。看不见就是痛苦:"此去何时见也?襟袖上,空惹啼痕。伤情处,高城望断,灯火已黄昏。"诗人最后看见的这个世界,是山抹微云的时刻,或望断高城,灯火已黄昏。然而,看见,如此这般地看着就是爱,不仅仅适用于眼前的那个女子,也适合于眼前的这个世界。因为,眼前如此这般存在着的世界就是爱,就是迷恋。因而古典诗歌对世界的描绘成为对生活世界的最后状态的引证,对眼前现实的迷恋似的引证就是对心中看不见的形象的印证。

贺方回的《青玉案》一词也是看与看不见的一个杰出的例子。词人在一片萋萋春草、绵绵雨雾里看见一个楚楚动人的女子走来，他此刻正待一睹丽容，那女子却转弯飘然远去："凌波不过横塘路，但目送，芳尘去。"然而经验的缺失在诗人心中成为一种经验的深度，使经验向心内体察。事实上，没有伴随想象的经验总是乏味的，对于诗歌经验，唤起想象的经验才是诗意的："锦瑟年华谁与度？月桥花院，琐窗朱户，只有春知处。"那女子消失在雨雾中，只有春天会到达她的小小的隐秘的生活世界。至于谁与她共度锦瑟年华的猜测是次要的，但肯定不是怅然若失的词人："但目送，芳尘去。"这是一个失去的世界，一种失去的现时性。诱惑在一瞬间出现，然后又消失了。我们能够拥有的生活世界是那么少，我们失去的世界或不曾拥有的世界是那么多。生活提供的不是获得的经验，而是失去的经验，是经验的缺失。一个爱得那么多，是他感到一个人能够拥有的经验是那么少。是经验的缺失，有许多月桥花院、琐窗朱户，但那是他失去的主权。经验的缺失被表达为一种闲愁。同样，所幸的是与这种闲愁一同留下、留在词人身边的仍然是这个可以看得见的世界："飞云冉冉蘅皋暮，彩笔新题断肠句。试问闲愁都几许？一川烟草，满城风絮，梅子黄时雨。"再抄写一遍：一川烟草，满城风絮，梅子黄时雨。这就是现实性的最后证据。这是词人能够引证的世界的最后状态。这个可以看见的世界是对看不见的女子的回忆，是刚才那一动人瞬间现实（几乎成为一种现实）的引证，也是词人说不清的一川闲愁的物化。这是1101年苏州盘门之南，横塘，暮春的一天。

在餐车上

开始的时候他并没有注意他们两个，是他们带着的一个小男孩引起他的注意。小男孩的脸上，右边鬓角那里有一块火红的伤疤。他穿过他们的硬卧车厢时，小男孩正在过道上，看见他走过来小家伙反身跑时绊倒了。我怎么吓着这个小孩子了，他想。他听见有人对小孩子说"没事儿，没事儿"。他来到餐车在左边的那张餐桌坐下，等他的饭菜。一会儿他看见那个小男孩来了，跟着他的父母。他害怕再吓着小家伙，故意把脸转向车窗外，一丛丛杨树闪过。

他听见右边的那对带孩子的夫妻说着些什么。他们也在等用餐。他们两个在抽烟。他没有看见是谁跟谁点的烟。那个女的抽烟的动作娴熟还有点儿优雅。

"来，乖，让阿姨喂。"她把小男孩从对面的座位上抱到自己腿上。他转过去，看见那个男的有二十几岁的样子，一看就是外出打工的，女的可能再年轻一点儿，说话没有明显的地方口音，听不出是哪里人，就举止和装束看，至少也是个小城市里的人。本次列车是开往桂林的，那男人的口音大概就是广西的，他也拿不准。

"我抽什么烟都一样。"女的说。

"这是烤烟型的。"

"你怎么知道？我抽着都一个样儿。"

"我卖烟啊。"男的说，"卖了几年了。"

"来北京几年了？"

"五六年了，刚来的时候我一个人，打了两年工，一年能挣个一万块钱。后来我就跟小孩他妈摆摊卖烟，头一年就挣了十万块，年底的时候给抓住了，罚了我八万五。白干了。"

"北京假烟很多吗？"女的问。

男的抽一口，眯着眼说，"我那房子里两三万块钱的烟全是假的。"

"那能行啊？"

"没有人到我那里去，没事儿。"

"别人要买着假烟找你怎么办？"

"退给他，就是，退给他。"

"我要去你那里买烟你会卖给我假的吗？"女的说，好像要试一下别的话题。男的眯起眼看着女的，没有吭声，也没有表情。

女的说："你要卖给我假烟我肯定不会吭声，"男的还眯着一只眼看她，一脸茫然，只听女人说，"因为我不懂，我抽着都一样。"

过了一会儿，她说："我是母亲去世那天晚上开始抽的，一晚抽了三包。"

"我三岁的时候我妈就死了，还留下一个弟弟，是我爸把我们养大成人的,然后他也死了。"男的说。

"那是什么时候?"窗外的杨树隐入渐深的夜色。显然女的更愿意倾听,这也许是一种善良的天性。

"我快十六岁时。过了十六岁我就去北京打工了。"

"你爸多大?"在听故事的人心里,一个萍水相逢的、也许有些调情意味的故事一下子变得不幽默了。

"三十多岁,还不到四十。"

他吃完了快餐,没有什么理由继续听他们的故事了。不知他们之间讲述的故事最终是什么。也不知他们之间的故事开始了没有、结束了没有。他有时想,普普通通的人们心里有多少故事、多少事情我都一无所知。就他这样的人来说,已经很不习惯与萍水相逢的人讲述自己了。可它是人们之间多么好的相识啊。

重复的秘密

一个男子用手轻柔地抚摩着怀抱中女子的头发,轻柔地重复着,轻轻地就是满足。重复着就是幸福。她的沉默似乎在说,再来。必须重复,无论是话语还是动作,重复才让人放心,重复才构成安慰的表达。重复,重复,似乎就像是一种更新着的话语。也许,只表达一次的话语如同幻影?不安又来了,这就是感觉的特性,因此,重复驱散了它。重复要再来驱散它。有谁听懂了重复?重要的不是唯一的、新的表达,而是无尽的重复。几乎接近了人性。因为只有重复才更新，才与感觉的瞬间凝聚消散相匹敌。离开，紧接着再来，否则，就是痛苦。女子双臂紧紧地合抱着他的腰身，依偎在他怀中。享受着重复的爱抚。午后。阳光像他们脚下的草一样枯黄。这形象一瞬间充满苦难的寓意：冬天，郊区，荒野。我路过。这温情的景象让人产生瞬间的感动。是抚慰动作、是依赖感所预示的痛苦与不幸？似乎是一个故事的开头，或一个故事令人欣慰的结束。然而，世界如此平静，没有那些故事。感人的形象徒然穿插在日常生活之中。形象的前面与后面都没有它所演示的任何这类故事。这个形象已是一个司空见惯的细节。是的，是细节，不是任何故事中的情节。可是什么在这个形象中瞬间感动了我？是安慰行为所抚慰的痛苦，是不能满足的对安慰的渴望。人依然需要抚慰，就像他们依然处在苦难与不幸之中。即使没有战争、没有流离失所，也仍然有青春的消失与死亡每日每时地迫近。或许还有一个人的毅然转身离去，一个人的心碎。遗憾的可能是，这一幕既不是生活的开头，也不是它的结束。而刚才的瞬间感动，是因为，我把它当作一个故事插图中的开头或结尾，并且是不可重复的。

热　　情

　　他常常感到自身存在一种非写作所能够满足的热情。无名的热情需要行为来满足。是欲望吗？写作中是一种什么样的欲望在说它自己的词汇,在所说的一切之中形成它自己的文本特性?一个善良意志所支配的行为中是爱欲吗?此刻,善恶的界限开始模糊。听柴可夫斯基第四交响曲,听起来是一个人变了形的声音。犹如童话故事中,他的声音被剥夺了,或者被限定在渴望着表达的表达方式中。音乐犹如哑剧。欲望的一个隐喻。

疯 狂

真的不要以为自己能够对情感的触动保持安全的距离了。他曾经欣然以为自己已经度过了脆弱敏感的时期,然而感情用事的人永远面临着疯狂的深渊。当老子教导说"圣人无情"时,不知这个传说的圣贤经历了怎样脆弱以至疯狂的激情,以至当他说无情时已是对有情众生的无限仁慈。

瞬间是一个秘闻

每个时刻都有自身的动机。把时间视为一个流程、视为一种手段消除了这个动机,使每一时刻陷入连续性的进程毁灭了每个瞬间自身的动机。时间的戏剧形式——解放、拯救、回归,时间日常的功用形式,使时间沦为荒漠。恢复每个时刻自己的动机。此刻只有窗口轻轻的风声,甚至它也干扰了此刻,给予瞬间一个流逝的形象。风停息,纯粹的静止接近了不可企及的幸福。一个欢乐的节庆，一个欢乐的节庆正在到来。

参　　照

　　一个历史性的事实与其他生活世界中众多事实的不同在于，它对后来的世界所产生的影响，以及范式作用。许多事实枯萎了。一些事实发芽了，成为普遍的果实。乡村的隔日清晨集市，总有点儿节日的味道。妇女们掏空了鸡窝里的鸡蛋，抱着土布的姑娘，孩子们牵着自己放养的小羊，敲梆子的卖油郎，推独轮车的男人，偶有骑自行车的人简直就是故意招摇过市，从一条条土路拥向集镇。一旬一次的赶会就更是他们古老的贸易节日。见到他们的老朋友，用他们自家园子里的蔬菜换回一点儿盐巴、花布、针头线脑的，也有人就只是在集市上当众理个发，给他认识的各种人不停地打招呼似乎已心满意足。嘿，理发匠的"剃头挑子"一头是板凳用具，一头是一个烧热水的火炉，因此就产生了一个乡下人用以说单相思或失恋者的比喻，"剃头挑子一头热"（相似的还有"漫地烤火一边热"）。他们在乡村集市上说着这些小小的生活传闻，他们表述的痛苦或快乐都带有戏谑性，都能博来一笑，而且尺寸很小，就像他们讨价还价的数字。

抵达之谜

和你交谈的语言须是干净的,无人使用或久已忘却的用法。似乎是唤醒词语内部古老的精灵,这样才能抵达你秘密的深处。但在拥抱中,需使用几乎千篇一律的生物粗鲁的语言,简单如一种强力的句子,它消除了两个身体之间的内部距离。一个人喊出是另一个人在说。它刺激我你,使我们的欲望彼此混同。污秽的话语,加剧了隐秘的感觉。粗鲁的言辞成为昵称。希望再喊。再应答。是欲望自身在相互启迪应答。它是号叫、尖叫和喘息的音阶。它不是话语,只是一种节奏、声音,与身体欲望的律动押韵。一个每日灿烂的天使般的事物。在身体的旁边,是闪烁的孤寂。

疯 狂

我们的情绪总是让我们失败。人们是多么愿意摆脱它。即使是那些看似十分健康的情绪都是一种暗藏深渊的诱惑。诱惑是我们心中、我们的语言中的深渊。情绪是我们的被动性,在好的情况下也意味着我们的依赖性。情绪不知道什么是界限,它是一种易于上瘾的品质。上瘾的实质是甘愿把生命自身当作消耗品。我说的是我吗?在如此小的轻言细语的地方,格言伪装了我的苦恼。

能 量 交 换

每天给自己施一点儿小魔法,从自己身上抓去疾病,把疼扔出去,对着一棵树注目凝神,进入一个微观世界,我现在才偶尔想到这些小把戏。但其实我突然明白,我不是在一直以语言给自己施魔法吗?好的阅读和写作一直在对自己做治疗,或施魔或驱魔。因为有好的和坏的是吧?语言在我心里是一个活的他者,它一直在与我交换能量,像一个影子朋友,一个友好的精灵,一个匿名的神。写作(阅读也应该)是一种与它交换能量的仪式。它使我最终成为死亡边境线的偷渡者。

平 静

现代社会以来,人们置身于一种永恒变动的旋涡之中,一旦一个人像老年的浮士德那样请求说"生活,你多美啊,停下来吧",他就会被这个世界所抛弃,甚至疲劳和对自身的仁慈也不允许。永无终结的创新、进步、增长已经成为一种具有精神分裂式的文化人格。"思想中没完没了的战斗使我喜欢没有内部战斗的行动:这就是我一般喜欢必然性、移动法则和死的物质的运行的原因。我无法想象上帝不是充满冲突的。……所以,我宁愿没有上帝。生活对我来说,主要是同情、冲突和愤怒;宁静的时刻是短暂的,而且,它们是自我毁灭,上帝必须是镇静自若,它应当像斯宾诺莎的上帝,仅仅是自然的过程。我所说的这些都是自传,而非哲学。"——该如何理解这些话呢?不是别人,是研究数学的罗素说的。我以为连他写的哲学史都有些乏味,可是他说出了这样隐秘的感受。基督教思想传统是冲突型生活与个性的原型。东方宗教被想象为平息与弥合,对一切疲惫了的痛苦产生着最终的吸引力。

浪 漫 主 义

浪漫主义是现代世界的一个真正开端,它所创造的一切理念与感知方式今天仍然在我们生活中延续,我们生活中一切有价值的东西都来自于那里。它的想象力养育着自我、自然、语言以及母语意义上的民族,还有感性、感受力、冲动和欲望、美,以及正在破灭的个性神话。

回　　忆

健康的生活尽量避免回忆。没有回忆或记忆是一个标准的白痴。真实的回忆如同即将溺水而亡。没有预见的在睡梦中突然遭遇过去某一情景,总让人难以呼吸。可以醒来立于现在这一根基回想一件事,假装已经站在岸上,那时候你才不会被卷走。

感性契机

阿多诺肯定了黑格尔的理念论美学所代表的进步：这种美学"使艺术脱尽了封建娱乐活动的余痕残迹"。它强调了与感性契机相对应的精神契机。契机的意思包含了将偶然的接触变成根本性的内在联系。甚至可以说，把（美的）理念客观化的冲动是如此崇高。它既不属于所谓的创作者，更不属于那些收藏者，不至于把艺术把玩于他们的狭隘趣味之内。艺术中总是潜藏着一种非艺术的要素，比如埃及《亡灵书》或印度《吠陀经》的秘仪性质，藏戏、傩戏或者希腊悲剧的仪式性质。它们的蜕化成为人们可以纯粹观赏的艺术。金字塔和大教堂变成了审美的对象：一种感知方式退场，另一种感知发生。而新发生的知觉似乎不足于弥补所缺失的。秘仪、奥义、仪式功能的丧失，使现代艺术成为"审美"的，并且容易为商品趣味所俘获。现代艺术似乎还在寻求"感性契机"的发生，在材料与形式中，然而，与之相应的精神契机却不能应机而生。精神契机成为不在场的隐秘物，它甚至不是隐秘，而是无。艺术似乎重又沦入"封建"或资本的"娱乐活动"。艺术中那些尖锐的古代拯救性和现代批评性元素变成了风雅，成为一切商品的典范和最高形态。

艺术的自我合法化

当代艺术经验、模式、风格,体现出一种自我合理化的倾向。如同小说,在行动—感受—空洞—逻辑中自我合法化,千篇一律地模仿社会的低劣状态,或者依赖于社会的理性化进程而自我合法化。而这一自我合理化的前提仍是可疑的。恢复疑问的能力,不屑一顾的新创造力在哪里?在自我合理化背后,看穿艺术经验的自我合理化依据的极其虚弱之处。

讲 故 事

人们彼此在观念上是如此剧烈地冲突,有时候我想,为什么不讲述出你们的故事,说出你们真正痛苦的原因,试着讲出故事来,人们也许会发现彼此没有那样大的分歧。或者会发现,分歧是从叙述结束时发生的,一些人把叙述中的一个情节当作包容一切的概念使用,并且推论得太远了。他说,我有两种不可遏制的欲望:驰骋于正义的疆场或纵情声色纵情于语言。也许我是三位一体的灵兽。

地形测绘员

一再地,他描摹着自己的那些机缘性的思想与产生它的复杂地形,在写作的庞杂话语风貌之下,透露着他所生活于其间的各种隐藏的和公开的状况，直到显出思想的地貌。重要的还不是它本身，而是能够把一切观念与经验置入这个思想的地形中进行言说。他的话语是地貌、地形赐予的语言，日渐从柔弱变得粗粝。没有这个坐标，一个人就会随风而逝，他的脚下没有地形的根基。

物　　体

独处时突然明白一点儿道理，那么深远的回响，像结冰的大湖在降温时刻上紧它的发条。和他人同在我忽然明白，也那么深远。转过弯的时候，山的缓坡！展示了瞬间的天堂。幸福的机缘从窗外一闪而过。你校对不了一枚果实中的时钟，它在悄悄腐烂。

失败的语言

哭泣、叹息、大笑，是失败的语言。是语言承认自己的无能，回归真诚的时刻。置身于环境与事件的时刻，这一失败的话语行为释放无限的能量。然而诗歌不同样包含着语言的失败，并把失败转化为废除意义的言语行为。诗歌话语是一幅意义的草图，是语言悬而未决的状态。到达语言边界的意识，构成了意义知觉的极限，能够将新生的意识以微弱的形式组织起来，临时构成。语言以自己的破碎为临界行为，它融入分辨之前。它表达意识，也向风和哭声还原，借用物质自身暧昧而有力的语言。一个匮乏的中心（主体）却可以成为他人欲望的对象。这是奇妙的欲望迷宫，它拯救或安慰了多少人。我是匮乏的，然而他人能够给予，填充这种匮乏。欲望对象具有使欲望主体感受快乐的能力。快乐之源在对象那里吗？显然不，就像拯救能力也不，我们乐于忘却他人也是一个匮乏（因而也是欲望）的中心。弥补这种匮乏的是主体之间的交流方式和交流媒介。这个"之间"是一个什么样的领域？由语言、人们之间独特的话语以及其他交流空间所构成，在这个意义上，他们的身体也从其主体的化身转变为与他人沟通交流的媒介，通过身体，正像通过语言一样，通过感知他人而感知自己。鳏夫式的主体性正是痛苦的根源。

失败的言语

语言的意义。风吹沙漠。不问时它存在。一个人突然收到一张大额支票：他醒悟到此刻获得了另一个自我。没有语境的语言，每个词语都伸向总体的黑夜。当一个人不让词语在意识清晰的逻辑中表达时，词语就开始显露自己的起源，或许是集体无意识的古老内涵。

绝对的孤立状态，暴露出词语自身的想象。句子的绝对孤立意味着语法关系的废除，或意味着思维逻辑的失败。给予话语足够的空间——空白。切断字与字、句子之间主体所给予的明确意图,每个词就这样暴露给"空白"的"黑暗",暴露在"起源"的时刻。诗句是给词语让出空间,这个"让出"中包含着"主体"移向"非主体"。

作为秘密的阅读

读书,我希望遇到与我自己的思想、经验完全不同的甚至令我吃惊的东西。我允许一本书把我带入梦境。写作,回到切身的经验与思想场域中来,从切身事态中说话。不是所有的阅读都只是在读文本,而是把另外一只眼放在语境上。一本书允许我们把它变成一个寓言,也允许把它变成一个征候。读书的人有时像一个气象学家,有时像巫医。我们能够思考什么?面对在我这里失效的传统和一个异己的记忆——对文本的不同理解来自于对其语境的不同解读,感受其语境压力与暗示的方式,或者,把文本移植到自己关切的语境中来,后者纯粹是一个创造。

此刻作为一个纯粹的事件

夏天的午后,我站在此刻的滑板上,沿着时间的斜坡,掠过一个个陌生的事件:瞬间的打开与关闭。一个留在此刻比获得一个帝国还要困难的事业。一个匿名的王国。一个消亡中的时间王国,而你自己就是那个亡国之君。乞丐是它的统治者。

此刻，我滞留在这些话语中，但除非我在词语中留下我的伤痛，呼吸，沉默。被自己说过的话放逐比失去这个下午还要可悲的命运，只有让关于此刻的话语深不可测才可暂居？这是唯一值得考虑的。改变方向，缩小自我使之适于瞬间的存在。此刻——下午带着一些深深的幻觉行将结束——渐入迷蒙。

个人时间

个人时间既从个人获得个体意识的时刻开始，也从个人获得的历史记忆开始。过了某个时刻，个人时间的意识是意识到个人的死亡开始的。现在，这个意识更具体：对个人死亡时间的预计成为个人的生活时钟。一种倒计时开始渗入个人对生活的感受之中，倒计时的时钟参与到个人对生活的预期中。他人难以明白，你在谋划生活与写作的时候，总是瞅着这个隐秘时钟的运转，甚至你看到的一切都在这个秘密的视野之中分享其可能性。

语言分裂的能量

在使用中，话语能够变成一种细小的粒子形态，它弥漫，渗入一切感觉与意识的缝隙。语言的线性中断，发生转折、间断、分解、爆裂，转向更微观的感知世界。它的爆炸得到了自身的显现——话语作为一个事件，犹如瞬间在寂静中"内爆"——开辟出一个微观的感知空间。语言能够像粒子那样无限地分解,内爆,裂变产生了能量。写作犹如话语内部持续的裂变活动,产生、释放意外的意义资源。它或许是话语活动的聚变,一种短路诱发的聚变所释放的感受力与想象力。一首诗就是一种话语的反应堆。它也是意义的脆弱的织物。

言外之意

在叙说一切其他问题时,我隐约知道这也是不那么真诚的——我忽略了自身的孤独和欲望。后者在一切事态的言说中暗中共鸣。它一会儿来,一会儿走了。它一直在循环往复,而不会永远离开。在表达愤世嫉俗的话语下面,隐约传来欲望的失望之感。无意义,虚空已经成为人的绝望。没有根本的希望,于是我用零星的小快乐抵偿了一生。对社会的关切多少为人提供了逃避自己的机会。社会苦难犹如沉重的石头或沙袋,对没有意义的、轻如鸿毛的生命提供了压舱物——仅当一个人能够为缓解这种情况做些什么的时候。借助他人的苦难,我们将得以逃避生命的虚空。即使如此,这种逃避仍然具有崇高性。我们是寄生在他人苦难上的动物。

碎　　片

与社会控制体系的系统化、复杂化相反,思想体系和叙事结构解体、崩溃了。碎片成为一种时代特征。时间、记忆、自我,都成为碎片的时刻,"碎片",一种文本特性的东西就在上升。碎片是否可能具有文体特性?碎片是否可以成为一种文体?不期望形成庞大的结构,结构特性也许会内折,折向碎片内部。碎片自身会寻求复杂化。寻求自我内折的方式。它贪婪地吸纳从庞大的结构中散落下来的元素。这样的碎片在此意义上是完整的:它容纳了使之破碎的信息。说白了吧:打击它的力量被印证在碎片中。

任 意 性

任意性是权力意志的最高体现。君主与公主身上的最大美德是任性。公主的任意性是可爱的小脾气,不免率真。君主的任意性自然就是专断意志。残暴或者率真,要看最终落在谁的头上。残暴或宽赦,都与美德无关,除非任意性就是美德。任意性能够让奇迹发生,那些偶然的幸运者显然夸大了君主的美德。这是君主制仍然让今天痛恨官僚制和群众政治的人们迷恋的原因?

道 可 道

敏锐的思想一开始就给予"语言"和"话语"以有限的描述。"道可道,非常道"把说的行为与它所说的做了区分。知道说非所说是对话语行为及其语言边界的一个清晰的陈述。它不是一种过时的玄学，而是延伸至任何一个自觉的话语行为中的现在性事态。在社会公共问题领域，有理由更关注所说，那是建立合理秩序的途径。然而在无关制度的思想与诗学话语空间，在隐秘的个人感知领域，以及那些在内心有着亲密联系的人们之间，"说"与"所说"之间的张力，就会成为一种持续的、充满意义的话语实践，但人们往往只懂得把交流行为当作一种"所说"，而非"说"——一个话语事件。就像一些古代文本所显示的，"说"本身是一个值得人们警觉的事件。他们对显现在一切事物与事态中的预兆具有充分的理解力。他们知道翻译一切非语言现象中的意义的颤动，也知道他们的语言是不充分的。对于完整的神意来说，他们物质化的语言是有限而破碎的容器。他们知道这种语言所能够说的是遗落与痕迹。这是他们更关切"说"本身的原因。

对神秘性的嗜好

在论述公共领域问题时，我会站在哈贝马斯一边，然而在涉及个人领域时，我将发现自己同他的论敌德里达一样"嗜好诡秘"。我愿意为自己保留神秘性的知识领域或非知识领域，那意味着为自己保留一种私密性的希望，个人的真实自由。如德里达所说，在全体一致同意和可能的透明状态中，绝不会提出神秘性问题。如果我要共享某种东西，使之对象化、使之主题化，条件是有某种东西不能主题化、无法对象化和不能共享的东西。他认为，自传体裁就是神秘性的场所，这不只是意味着试图使一切没有呈现的东西处于某种可以表达的、可以加以形式化的关系之中，而是意味着绝对神秘性之场所所在的空间却像是没有神秘性的，神秘性可能被隐藏起来：许多东西被保存了。就像笛卡尔意义上的良心，世界上最没有共享的东西，然而它是不能被共享东西之共享。存在的一切事物都具有不能共享性。为什么是神秘？在德里达看来，"它是一种谋略，它希望坚持区分和隔离。在这里说的神秘与通常所谓的神秘之间——即使这两者是不同种类的——总有某种类比性，它使我宁可要神秘而不要非神秘；宁可要神秘而不要公共的表达、展示，不要显示性。我有对神秘性的嗜好，这种嗜好显然与没有归属感有关。面对政治空间，例如，面对不给神秘性留下缝隙的公共空间，我有某种害怕或者恐惧的冲动。在我看来，要求一切事情都出现在广场上，没有看不见的法庭，是全部民主的明显标志。我可以按照政治伦理学重新说：如果不坚持神秘性的权利，我们就处于整体性的空间。归属感——公开承认一个人的归属，置身于共同体之中——无论它是家庭的、民族的还是语言的——都说明丧失了神秘性"。如果这些表白是在诗学空间、在与个人经验有关的意义领域，可以放心享有这样的神秘性，享用诡秘。但是它不能成为"政治伦理学"的依据，在公共领域坚持神秘性的权利就是装神弄鬼，"嗜好诡秘"的人就会鬼使神差地站到魔鬼一边去。海德格尔如是，庞德如是，德里达的朋友德·曼亦如此。

我会自相矛盾吗？我要考虑我在别的文章中所说的相反的看法吗？如同注意每个想法在表达它的语境中的意义，在公共领域内反对神秘性，和面对公共空间坚持神秘性就没有矛盾。只有在把这些想法从表述它的语境中抽象出来并置在一起，才会产生自相矛盾感。

语言和死亡

我随身携带着语言和死亡。语言和死亡是自我的一部分——作为经验，又明显地属于非我。语言和死亡也属于他者，是我们共通的属性。通过语言与死亡，我和其他生灵有了"伦理"关系。语言和死亡是属于我中的属他者，似乎其中一个隐含着另一个的救赎，或是补偿——进入一个逐渐明晰起来的意向：我不停地"说"，在话语中注入我的呼吸、痛感、知觉以及在场感，使之具有我的属性。在话语活动中永远在场，这是我永久的主权吗？对意义的知觉作为解救被给予，但又以不容喘息的速度收回。某些精神活动的秘传，保证了在小众的奥义场所的不朽感。"说"下去——

假 古 董

有人企图为物品制造出一个从未存在过的"过去"。一件假古董并无过去，但它给予无知的视觉的就是它的"过去"。无论假古董是什么，它仿制的首先是时间上的这个过去，就是这种"过去感"使它具有视觉方面的价值。古董之为古董是它随身携带着一个空间，一个空间感意义上的过去。它越过物换星移，陈旧、黝黑和陈腐的气息，都是其价值的弥漫。古董是弥漫性的存在，玩弄时间的间隔，成为时间之谜的显现。在现实、现在这一时间维度上，古董就是一个异质性的物。古董在自己的周围创造出一个异质性的空间。它和一个感受性的主体之间进行能量的象征交换。主体从它那儿吸纳异质性要素，吸纳"过去"和"起源"的时刻。

写作的法度

是否存在这样的可能性，写很短的长篇小说，它保留长篇的所有要素，比如故事，长时段的、连续性的叙事，人物关系及其命运感。在需要的时候它可以像民间故事一样快节奏地叙事，也能够停下来像散文或小论文一样深入细节，融入思想性的和仿学术的方法。写作也像社会自身一样有"惯例"和"创新"。写作令人愉快而富有挑战的是，"创新"总是高于遵从"惯例"。可是，没有什么比诗歌变化得更慢。从古埃及情歌到现代诗，似乎只发生了极为微小的变化，而国家、法律、习俗则发生了翻天覆地的改变。写作中的法度似乎仍然沿袭至今。

临 时 性

诗歌话语持续地、潜在地成为一种思想方式，理解和使用语言的方法，一种肇始于诸子时代的积极的怀疑主义的语言观。诗歌话语几乎是它唯一的继承人。这种意义远比诗歌作为一种写作与阅读文类更重要。对诗而言，话语只具有短暂的意义，一种临时的、即兴的、语境式地运用其意义可能性的方式。尽管它极有可能暗示其古义。诗歌语言自身就是一种"起源"语言，语用及其意义在话语自身的语境中获得一个当下的、发生学的意义。它模仿了一个遥远的起源时刻。与语言意义的微弱颤动的警觉相反，懒惰的表达在词语与要表述的意义之间建立了非反思的、僵硬的对应关系。后者产生了更多的意识形态而不是思想。

对我来说，诗学就不只是一个门类，而是启示着一种思想方法。诗学所触及的领域类似于思想中的一种原始场景：类似于原始神话与神教的启迪在一种文化思想中的位置与功能。

重 临

这里的山并不高，当地人叫它小秦岭，也就是秦岭的东部余脉。上山之前，没有想到我会再次看到同样的景色，要不就不至于如此莽撞地上来。在二十年之后，我没有想到，自己会站在同一个地方，朝着同一个方向：河流仍然在重叠的山间蜿蜒，在我人世的二十年之外，风景几乎没有变化。的确存在着另一种永恒，虽然我只能置身其间片刻。我站在山峰上，云雾丝丝缕缕地从山下飘来，掠过身旁。多么熟悉。遥远的感觉。这样就无端地充满着感激。眼睛湿润。"它仍然有能力使我们一贫如洗"。那一时刻我相信灵魂是存在的。一贫如洗是幸福的。

历史主义的愚蠢

文学史和艺术史，以及一些理论著作，净充满了蠢话，而历史主义的蠢话最容易说出口。尤其是在现代艺术史中，在当代文学史中，许多大言不惭的狂言被奉为语录般的精义。一个意大利美学家在"走向普遍美学"这个莫名其妙的标题下对阿多诺所做的批评就是愚蠢的一例："阿多诺的美学赶不上时代要求，主要表现在他想当然地认为在艺术与其对立面之间，即作为瞬时真理的艺术作品与作为这一真理否定面的历史阶段之间，存在着一种本质矛盾。事实上，这一点确实是伟大艺术与诗歌实践中的先决条件，上自狂飙运动，下至20世纪前半叶的历史先锋派都展示了这一特色。然而，自从20世纪50年代末以来，随着新先锋派的到来，情况发生了完全彻底的转变，因为新先锋派根本没有把历史先锋派的传统矛盾发扬光大，恰恰相反，它干脆抛弃了艺术与其对立面之间，即真理与历史之间的对立。"还用引述他所说的"历史先锋派"关于机器、光学、电学、速度的一派胡言吗？

美的，显眼的

柏拉图说，在所有对灵魂有价值的事物中，只有美是"彰显的"，正义、智慧等则不是。因此，美是由感性事物提升至理念的重要道路。在感性事物中，美是"最彰显的"，美"涌现为彰显者"，美最出神、出境，跳出来，美是可见事物中最为突显者，它的力量是让存有在其中显现，并且成为视觉中最令人敏感的事物。人们都能在大街上一眼就认出来，比追求真理容易，比担当道义舒适惬意。在那一瞬间，人们觉得生活的意义已经不是问题，它近在身边，甚至可以把完美的宇宙迎回家中安置在小茶几边。因而，连陀思妥耶夫斯基也徒然说"美能够拯救世界"。可是，美，那最显眼的，又毁灭了多少人的梦。

读写阶层的衰落

阅读与写作早已普遍化了。柏拉图在《培德罗篇》中记录了苏格拉底对文字与书写的批评，他哀叹，文字与书写的产生，腐蚀了记忆。是啊，我想，我把某些文字抄录下来，放在笔记里仿佛拥有了对它的真实记忆，有些东西被人记录在书籍里，我们就以为这些东西有效了，其实它失效了，从活生生的口头记忆到文字记录，多少知识、多少记忆从人的记忆中消失在死板的书籍形式里，而且使大众远离了它，因为读写能力的困难，获得这些知识记忆变成了有闲者的一种特权。况且，读写这些书籍文字，甚至学习这些古老的、作古的文字已经成为一个学究一生都难以完全掌握的寒窗苦，一个人怎么还可能有精力去关心那些文字之外的活生生的现实世界呢？哪怕那里发生了复杂的变化，哪怕那里产生了更紧迫的问题，书虫已经听而不闻了。当这样的读写变成了一种据以选拔社会精英，据以选拔官吏，变成一种制度化形式时，难道读写能力不是已经远离了它的承担思考、传播思想、解决社会与个人的各种困难问题的敌人了吗？这样的认识带给我的是对我过于迷恋读与写的质疑。在读写早已被制度化的社会里，没有人、没有什么意识会挑战它。

说这一切都是语言中心主义就解决了这个问题吗？书写中心主义又怎么样呢？看来不在于站在两极的一边，而是分别而又在相关性中考察它们各自的社会、文化、心理功能。写作被认为是一种腐败的行为，对文字的和文本的信奉自然也是一种愚蠢的腐朽观念，以及认为当一个文化世界被文本化时，某种无可挽回的纯粹事物会被遗失的观念，在一些社会群体的文化从口头形式逐渐转向书写形式的稳定权威时，一定在许多人心中产生过悲痛与哀悼的情感。上古述而不作的圣贤自不必说了，到了后世也仍有这样看待读写能力的人，比如程伊川看到他的学生记录他的讲稿时的教导，以及不识字却"写"下《坛经》的六祖惠能等，"说"仍然是一个本源，也许是因为那时的社会仍然是一个"说"的社会。

反智主义的故事

嘲笑知识多的人,尤其是书本上的死知识,是一个民间传统。许多古老的故事叙述了面对死知识发出笑声的时刻。对知识保持有弹性的喜剧态度,具有智慧的健康意义,但有时这种态度会成为一种反智主义。有趣的是,在故事中我竟然完全同意它对知识的嘲笑。而且它带给我快乐,尽管据此进行的任何推论我都难以接受。我偶然读到的几个故事是在《大唐西域记》《阅微草堂笔记》《列子》等书籍中看到的,我愿意把这些笑声从它们的书籍形式里再传播一次,可不幸的,仍然是以书写形式。

月亮节笔录

在公元前 6 世纪中期魂、魄的概念开始传播之前,魄似乎单独用来表示人的灵魂。"魄"字(或它的异体字"霸")的意思是"白色的""明亮的"或"白色的光",是由新月逐渐增亮这一本义发展而来的。其最早的汉字见于公元前 11 世纪周代的甲骨上,通常在"既魄"一词中,按照王国维的解释,它是指太阴月里第八、九日到十四、十五日这段时间。[①] 这两个词后来反复出现在西周历史文献和金文里,其标准式是"既生霸"

---

① 见王国维《生霸死霸考》《观堂集林》。

和"既死霸",它们的意思分别是"新月出生后"和"新月死亡后"。①

被起诉的原告

文学的微弱声音总是站在弱小者的一边,它记录的是失败者的呼救和挣扎的声音。即使在审判者缺席的时候,文学也仍然是一个怀抱希望的原告。然而,在一个充满苦痛的世界里,文学如果表现了幸福,那偶然的、机缘性的幸福感,那么似乎文学就成为一个被告,然而,文学如何不能表现那不幸中的慰藉呢?既然文学还是文学,即使它描述的生活是悲惨的,而描述的语言无论如何都在产生神秘的慰藉。什么——躲藏在语言的背后,无论如何,愈合的力量总在从文学话语中分泌出来。

总是一再地,人们指着世界的不幸与罪恶指责诗歌,诗歌的道德总能够被讹诈。人们愿意大胆批评最无力承担罪责的诗歌,最终人们所能做到的,是以世界的苦难为由取消了可能的诗歌的安慰。在世界的不义面前,该大声疾呼的是大众传播媒介,而非内心低语的诗歌。这样的指责是胆小鬼的勇气,既转移了目标,也取消了痛苦的内心低语的权利,使人最终丧失的是内心经验的主权。

---

① 余英时:《东汉生死观》,上海古籍出版社 2005 年版,第134页。

小说是什么？

我继续受惠于阅读诗歌和小说，尤其是20世纪的文学，阅读它们的经验使我理解那些难以理解的思想。文学阅读经验充当了思想的语境。它们经常给予那些似乎是新的思想体系一个已经表达过的语境，它们溶解概念，也形成概念，成为许多概念的可以理解、能够体会的起源。显然，陀思妥耶夫斯基或者是穆齐尔的小说中所蕴涵的思想，足够发展出好几个相互批评的学派。

空白之处

写作的一个秘密是知道如何节制语言，话语活动的目的当然不是，可写作方式正在于此。知道节制语言，才会有文体、风格意识，以及话语与意义的关联方式。并不是只有诗歌文体才有省略、空白和错格。在诗歌中，空白、跨行具有语义作用。同时，它在抵御语义。在思想性话语中，它们构成表达的背景。空白之处是一个意义空间。或是一个与意义关联的空间。但正像诗歌一样，重复、繁复、意象、音、句子的重复也是话语的相反特征。省略、空白、转折，或者重复、反复，都同样具有精神分裂的话语特性，也许，它就是内心话语的自然属性。它是句子的理性中一个疯狂呼喊。"想你但是许多人都很想你微小因而自行忽略保留点自尊心也没有多少"，它们标明了一个人、一个身体的在场。

文化景观

我们所看到的辉煌文化遗产，几乎都携带着这样的原罪。文明的记录就是野蛮的记录不能算太困难的洞见。连森林中的玛雅遗址也和无数生灵的贫弱同时并存，后者的尸骨是前者的奠基石。宫殿、教堂是文明还是野蛮，那要看人们如何解读它。不必说王宫、陵寝，即使是一般的公共建筑又有多少没有沾染上权力的印记，不是权力的炫耀。在今天观光者——在一定的距离之外，我们变成了自身历史的观光客——的审视下，它们都变成了美学对象，显出它无辜、纯洁和往昔历史的恢宏。个人的命运没有了踪迹，人们只能以民族为单元参与文化史的进程，并留下痕迹。似乎隐含着一种无法逆转的历史反应过程，道德的和政治的，迟早会转化为美学的，假如它还有一些剩余价值的话，这些剩余价值只能是美学的。审美是残酷的，但不能据此进行推论。这一秘密意味着什么呢？

权 威

一些思想被深藏在古典今典之中。这些话语给予作者以专业面具，也取消了话语在专业之外的有效性。它的功效似乎仅仅在于令人生畏，仅仅由行家里手把他在群众中塑造成一个神话。一个人用他的威望所守护的不是社会的良知，而是一个学术秘密。这个秘密在于根本没有秘密。这是权威性的来源。

纯净的恐惧

这是他认识她以来最伤感的一天。她的梦把我们之间的关系带到一个现实的场所，而我们的现实联系似乎才是一个梦想。我们从开始认识到现在，一直处于"美学的关系"（重要的是相互喜爱、欣赏，相互愉悦和关切）中，在此之前，我们也不是回避现实，只是不想（暂时）进入现实的伦理关系，也就是不想从纯粹的美学状态进入伦理状态，而现在似乎要转入伦理关系。人们走的都是同样的一条路。它意味着要么进入符合伦理要求的生活之中，要么就分开，也是按照生活的伦理要求，美学状态就要走到头了？

伦理关系意味着日常的生活方式，尽管我们都尊重它，可它不会让我们感到满意。出于某种天性（或许是出于别的原因），你我都会喜欢很多事物，包括许多别的人，哪怕仅仅是一瞬间的喜爱，尽管也许我们不会说出它，也没有任何行为，可我们心里都知道这一点。因此，你一开始就不说那些自己可能也会对别人说的话，或许是你知道那已经是他人对许多他人所说过的话。那些话说的是永远，可事实上只是表达了在那一时刻的感受，而且是真实的。它不是动机上的谎言，然而常常是事实上的。还没有什么制度符合人的情感的真实状态。婚姻把两人的感情制度化,但不能保证使这种情感持久存在。人类还没有发明符合情感的真实性及其逻辑的两性关系的制度。这些我们之前都已经谈论过。这些意识一直使你我处在美学状态。他一直暗中渴望让自己的生活实践有益于这些问题的清晰化。不贸然把瞬间的情感当作永恒的情感,不急切地把它诉诸制度形式,将其合法化或者说约束起来。然而,这不是他不愿意为生活负责,不是不愿意负有伦理责任。是因为,这样的伦理生活还涉及双方的意愿、意志。

他想说的是:我愿意按照你的心愿去生活,即使会面对许多困难问题,我也愿意。我说过,即使我们知道人的德行,即使我们知道自己也不能成为本性上的例外,可还有"我愿意",这是一种力量:愿望和意志。那必须是经过了对自己不怎么样的德行的认知,还有这个愿望,那我们就该有意志让"我们的"共同愿望支配我们的生活。还有就是我们要知道彼此终会在伦理关系中产生厌倦感,日复一日、年复一年生活的重复会在两人世界中生产出无法化解的厌倦或是淡漠,对自己,对彼此。你太美好,不忍这样。那时候,你或我,就又会向往与他人的美学状态。可我们设想了其他的方式,共同去面对它,把我们之间日常化的伦理状态不断地转化为美学状态。借助他人、别处——这是他最想过的生活——在美学与道德之间。可是他也知道:人与人的美学关系是你我所能够体验的,它只需有愿望——即使是瞬间的愿望也能够使它出现。可是,实践一种有德行的生活、一种在德行与美学之间寻求平衡的生活要困难的多。仅仅有瞬间的愿望不够，仅仅有一时一事的意志的决断也不够。

认知的欲望（一）

这样一种生活态度被认为是对理性主义的追求。歌德的浮士德式的现代性人物。不是只需要占有，而是去经历，感受与体验一切，哪怕痛苦。这也是福柯式的"色欲越界"的目标。在浮士德或唐璜的体验式欲望中，或者说在歌德与福柯式的欲望中，包含着一种"求真意志"，一种认知态度，是为了"知"。在福柯那里，色欲越界被认为是康德式的问题：我是谁？我能够做什么？我能够成为什么？"应该"的伦理学问题变成了行为主义的"能够"，或者说，在它的逻辑中，"能够"就是"应该"。在这样的认知支配下的行为中，哪怕已经带来的生活整体的问题，仍然无法促使个人去改变个体的行为。动机仍然是强烈的，即使我们会意识到这一认知态度所带来的问题严峻，也无法令个人感到有终止自己行为的理由。就像科学的发展，它通过技术所带来的环境威胁与核威胁，认知态度已经带来了巨大的伦理问题，人们也难以对其认知、对其求真意志、对理性主义提出真实的反思，更不要说终结这一立场。

认知的欲望（二）

古代的圣贤，伦理态度优先；现在，认知态度优先。积极的行动主义和感受性崇拜。对无论是信仰还是修行的先期达到"平静"的生活，人们怀疑它的价值。生活的丰富性、多重体验自身获得了令人羡慕的价值。也许因为这是一个高度体验化的时代。体验成为价值本身，成为人们追求的东西。寂静主义，以及预先的伦理设定的价值是取消性的。也许这就是禁欲的意义。对欲望的限制成为美德的时代似乎已经终结。社会、经济与文化都在优先考虑赋予欲望以新价值，以及对欲望的多重满足方式。欲望的满足不再受罚，不再被逐出乐园。欲望就是乐园。欲望的不能满足被体验为失败感。生活的尝试和试验态度，成为没有好的伦理后果行为的理论支持者。不预先假设目标，过程主义成为不计后果的思想。但与此同时，坏的后果已经被非责任化排除出去了。犹如唐璜，他既是冒险者，也是高度安全的人，确信从其"域外主体性中撤去主体，确信能与他人从而也与不对整体负责的种类相脱离"。

一座分水岭

在还能看得见的时候，一个人不断地频频回首，在另一个人消失在地平线、一座山坡的另一面或另一辆绿皮火车进站之前，一个人心怀眷恋隐痛地回过头来，然后就是时间比一座大山更深地隔开了他们。似乎就有一座山,一座分水岭,在他的命运里,他所有的汗水与眼泪都流向一方,而另一面是他已经与之诀别的幸福形象。

路　　标

　　语言不同于绘画,尤其是与音乐不同。由于语言文字并非一种纯粹的非概念性媒介,无论写诗还是表达思想,人们习惯于使用语言中的既定意义单位,这就使个人思想的确切表达成为不可能的事情。由于意义单元的纯粹继承性的使用,由于意义单位之间的固有关系从未被切断,或者说,词汇、句子之间的既有陈述模式替代了或置换了个人思想的空间,它把个人思想从这个固定配置上驱逐出去。因此,对概念性媒介的自觉放弃与回收就成为有意义表达的一个前提。语言的建构意识如不能达到诗的写作一样自觉,对经验世界中的那些新的以及被遮蔽的非概念性的意义辨认就难以实现。这就是为什么对于人文学科来说诗学具有普遍意义的原因。运用语言成为一种如同使用其他非概念性媒介一样需要一种将其置于中介物的意识,其中既有对既有用法的充分分解,更有一种缓慢的、细致的凝结过程。它是这样一种语言潜能的极大释放,即使在利用着概念性的时刻,诗学话语的目标依然是为了释放那些非概念性的潜能。只有分解了既有的早已成为陈词滥调的意义单元,才能为意义的重新凝结提供一种语言学的干净背景。无限的分解或分裂、没有固定方式的凝聚成为释放被禁锢在语言中的诗学潜能的方式。这好似一种没有止境的启蒙事业，诗学是这项启蒙事业的一个出发点与路标。

题 外 话

看来这本书我是拖的时间有些长了，重新改写过去所写的文字，有时比重新写还要困难，要改写首先碰见的就是阅读，我成了它的一个荒诞的读者，有时不知道该怎样插入原文中去，思路和情绪似乎都已经有所不同，似乎是不同的意识场所、不同的情绪场，应该说今天的思路比最初写下时要清晰些，这就是我要耐心改写的依据。但要使思路、意识和叙述都贯通，需要我把从前写下的都化解才行。

对这本写作中的书来说，我的遗憾是：在写作《叙事》一书时，我最想写的一章是讨论虚构的动机，在不同时代的叙事作品中虚构动机之考察。遗憾的是我没有写，就像动机总是处在被掩藏的命运之中。在这本书里我最想写的是对"显现"的考察，没有"显现"就没有意义的视野。就像受到什么力量摆布一样，我也没有写它。有时候我猜想，就像虚构在《叙事》中被打碎了，显现也在《失去象征的世界》里碎片化和散布了。

观　　察

《幻象》是对自然物象以及与自然物象环境相关的生活世界：桥、门、船……的现象学描述，对纯粹的工业制品的描写则阙如。鲍德里亚做了对工业物质体系的符号阐释（有时也有现象学描写）。也许对技术引导的物体系只能做符号学的阐释而不适合现象学式的观察冥想。《物体系》不由自主地转入现象学描写的地方通常是作者遇到了前工业体系的物象。

文本和语境

从诗歌文本的阐释出发，从文体、修辞、隐喻、象征、意义结构等出发进而关注着一种广义的诗学，隐喻与象征的文化功能，个人感知与集体象征图式，个体对偶然语境的主题化，细节的主题化能力等，使诗学问题从文本向更深的文化语境延伸，是希望打破诗歌的自我封闭，将诗学所包含的能量释放到更大的文化空间，将诗所提供的个人感知与意义图式所具有的文化意义与功能释放到当代文化的循环与交流过程。社会通过分工和专业化，无形中将那些具有激进意义的和创造力的事物与其他事物隔离起来，将它们与更深远的社会文化隔离开来，将它可能具有的进入一个文化场的能量循环封闭在一种文体的狭窄圈子里。诗歌、音乐、文学和艺术也乐于以自律的形式绝缘于其他文化形式。任何一种文本的意义都不是纯然自足的，就像词句的意义依赖于其结构中的位置与功能，即依赖于语境一样，文本的意义也同样依赖于语境，并向它的语境释放出意义功能。文本的意义不只是文本内部的自我阐释，文本的真实意义也应该能够在它的更深的语境中得到阐释与释放。这就是为什么要关注诗歌和建构一种基于文本分析之上的广义的诗学。

没有形象的世界

在一个没有形象或形象匮乏的世界上，整个世界在一种形象上闪闪发光的瞬间都值得人们停下来行注目礼。意义感就在此刻不做承诺地浮现了。即使在历史失去目的与意义之后，瞬间成为意义的一个可靠的渊薮，但如同瞬间本身一样没有延续性。意义仅仅在某种瞬间的形象上闪烁。而这个形象是时间性的，即瞬间性的。它在空间上的现身仅仅是一个寓言。人们的心忍受着世界失去其表象的饥饿。诗歌史提供了表象在逐渐黯淡下去的印证过程。现代艺术煞费苦心的创新意志——从模仿、再现的放弃到各种各样的组合、拼贴或抽象的具象——意在重获一个表象的世界。

沉　默

语言活动如同一只钟摆，总是阶段性地摆向渴望沉默的一极。诗的写作就产生在这一刻。所有道理都令内心感到失望。因为，它阻挡了内心沉默时刻非意识思想的涌现：思想作为自身的表象而出现。

听 任

有时候我愿意放任自己非真实性的抒情倾向，不是书写的时候，而是休息或游玩的时刻。比如此刻听任童声的谎言。其实，草原只存于过去的诗篇和流传至今的歌声里。就像神灵一样，"家"渐渐成为一个怀旧的概念，再也没有这样一个安葬着祖先、供奉着神灵、繁衍着世系的祖居之地。它给予个人母语、方言、气质、旋律，为个人和一个族群确定某种缓慢变化的属性。现在，我听到的草原歌声只属于一个逐渐解体的某种最令人迷恋的碎片。

不 解 之 谜

瞬间依然是一个秘闻。瞬间依然有一副神秘的面相。其中充满了个人渺小的生命意志，像瞬间性本身那样飘忽不定，自生自灭，无限的可能性就在其中闪烁。它对某种人足以形成终生的诱惑。个人出之于合群的愿望放弃了比风中芦苇还脆弱的个人思想，于是就有人收集死魂灵——群体的简化性复本——以充实本来虚弱的权力意志，只是灭顶之灾也常常发生在几秒钟之内。

诗　　学

什么是诗学？那是一种意义持续生成中的能力。无论有多少理由变得稍识时务，依然需要保持着思想认知上的诗学的诚实与质朴，以及诗学的非现实性的道德想象力，凭借着语言的无限可能性自我生成，凭借着在现象世界中过一种精神生活的那种诗的能力，即通过现实经验去获得一种完全有别于它的自我意识。

与之平行的或合流的是一种特殊的修辞能力，是命名、呈现，是智力的闪光与情感的投射，从《诗经》《楚辞》到当代诗歌，这种修辞能力是母语的源泉，是更新与重新开始的能力，因为形式与文体上的约束而实现了罕见的自由，因为没有固有观点而使思想在黑暗的背景下闪闪发光。

愚　　蠢

当学人们并没有摆脱愚蠢——即先入之见——却以马赛克式的知识拼贴构成自己的学术时，一种愚蠢就变得无可救药了，因为他比仅有生活的直觉还不如，比一无所知还要坏一些。他们在把一种源自愚蠢的东西作为深奥的智慧兜售给对历史没有记忆的人。

聆听阿多诺

阿多诺在《美学理论》中说着一种清晰的谜语：他一直把艺术或阐释性的美学问题作为一种希望原理在谈，甚至是唯一的社会学或许是人类学式的希望。他发掘着艺术的各种元素、结构与功能，但他又知道艺术是非功能性的，艺术的结构自己已经同时成为一种问题与希冀。阿多诺一直在思索艺术乌托邦的可能性，然而他时刻没有忘记他是在什么样的一个管理化的、恐怖的时间与地方说着这些话。他的话语带着一种回环往复的冥想与谜语一样的希望原理在瞬间被揭示的惊讶感，然而却难以将这些冥想与揭示一劳永逸地加以确认，因为美学现象与希望原理一样恐惧实体化，从而得以保持某种超验性。

自然，任何概念的表述都需要内心经验性的印证。如果一个人对经验没有细致的感受、对概念的场所没有意识，或者对概念所概括与描述的经验没有内在的知觉，一个人就会在阿多诺的话语面前失聪。他全部的生动性都会因为缺乏经验的激活成为漂浮的话语。

绝缘的美

阿多诺说："美的事物激发起一种抑制不住的渴望，即实现一种承诺的渴望。"这样的渴望曾经一再地被激发，并让人由此渴望从瞬间的震动进入生活的历史。爱就是这样一种激发所产生的日渐失望的奇迹。而今，美的事物只徒然在人们心中唤起占有的渴望，并且绝不承诺。人们为了利益，使自身绝缘于美的事物、绝缘于善的事物。人们渴望的是美的事物的纯物化形式，而不再是在人的心底制造了震动的那种令人激发出心的渴望与做出承诺的危险的诱惑力。

思想的蜕化形式

在人文主义与个人主义衰落的时刻，在个体与个性的力量像浪漫主义的文学神话一样消散时，当抽象的法人或法律主体远远真实于真实的、自然的或精神的个人主体时，人们如此迅速地加入了集体的疯狂，加入一切具有煽动性的群体认同之中，这是思想的蜕化形式，是不需要思想的本能形式。理性、冷静而充满内心热情的思想，则需要一种长期的、耐心的、自我教育过程，需要一种个人心智在丰富的认知与感受的沁润过程。

地方与形象

帕斯说，形象乃是一种度量单位，将羽毛和石头归入同质的方式，比如公斤。形象既揭示世界又掩饰它。形象揭示事物的某种相貌，掩饰其诸多方面。他人的形象一方面借助各种不同的事物加以显现，还通过主体的"整合"与"同化"功能而出现。自我将他者作为一系列主体同一化的结果，如果置身于某种权力与意识形态的鼓励之下，通过呈现他者的形象这一活动将变成自我与他者关系的制度化的形式。对某个地方形象的呈现作为整体和统一的形式的显现，从而将某个空间、某个地方看作是与我们赋予它的形象相吻合的存在。我们对某个地方某个空间的颂扬，是通过将形象转变为某种象征物，将形象置于某种符号性的结构之中。人们通过形象的映像特征，即通过其"现实主义"的"再现式"的话语，体现自我或主体对他者的整合、同化和认同关系。对这个地方形象或他者形象的颂扬，变成了对主体自身统一性的颂扬。人们提供的形象凝聚了某种地理的意义，产生了文化凝聚力，形象被当作一个地方命名的方式。形象—意象—映像既不是单纯的反映，也不是纯粹的幻想。关于某个地方的形象不是既成事实的修辞学，而是既定的象征主义的修辞学。对次要现实或自然现实的审美式的描写，替代了对基本现实或某种伦理现实的观察。形象在此修辞学之中变成了一种不易觉察的意识形态。形象成为关于某个地方的话语谱系的单义的产物，同时成为组成社会象征空间的形象化的产物。

个　人

不应只把个人视为某个民族、某个地方的代表，不应将个人视为某个民族的载体，个人意识、思想与感情也不是某种集体意识的等同物。一个人很难与自己的邻居在头脑中形成某种虚构的统一性，将个人视为一个地方的象征通常就是对一个人的损害。个人的意义通常能够作为集体的例外而存在。即使个人扎根于某个他所归属的集体之中也是如此。人们将某种固定的形象给予一个地方，而主观性、自我塑造、非确定性的建构过程与自主性的选择却是现代人的基本特性。如果说一个人有所扎根的话，接受教育的个人希望做的就是将自己植根于更广泛而开放的理念背景，而不纯然是狭隘的地方性之中。

最无益的接轨

迫切地渴望与国际接轨的学术和学者们让人想起葛兰西在1926年被墨索里尼监禁之前的最后一部没有完成的著作《南方问题》中表达过的对意大利南方（西西里）文化人的看法：他们坚持要取得自己的国际性成就并且达到了极为博学的程度，但他们的成就及博学对自身的社会环境而言却是徒劳无益的。

神 圣 性

超出日常规范之外的行为总是隐含着某种未知的神圣性，疯癫似乎更接近神圣性的领域，就像一切痛苦与疯狂中都隐含着一丝神圣性一样。疯狂、痛苦、非理性行为，似乎提醒着被理性形式所切断的人与世界的未知部分的联系，非理性是二者之间一种充满危险的关系的体现，却能够将人送回到生命与宇宙最深层的秘密中。神圣行为具有放逐、遣返与送回的双重性质。

语言的堕落

流行语言可以视为社会心态最明确的辨认符号。人们不说去交涉或解决问题，而说去"摆平"，不说"杀死"而是说"干掉""做掉"，这些流行的动词后面可能是某个复杂的事或许是人的生命，明显的差异是，流行语消除了词语中的道德内涵，或涉及情感的内容，使一切事情看起来都无关乎内心与认知，无关乎尊严、痛苦与伤害，一起行为的道德内涵被简化为一种纯粹技术性程序。当这些词语流行于整个社会话语系统的时候，语言的堕落即是道德的堕落，并且，它的堕落已不被认知——因为，流行话语的叙述行为与行为本身的逻辑是如此一致。

增长的欲望

现代社会激励了人们一种彼此矛盾的需要：一方面我们需要稳定的个人与社会环境，需要感受到生活植根于一种深厚的地方传统之中，另一方面又贪婪地追求"增长"，不仅是经济的增长，还有浮士德式的追求经验、知识、感受能力等方面的增长,但这种增长会摧毁我们身边的自然和稳定的生活环境,甚至是我们与它们的情感联系;一方面我们需要生活具备"干净""简单""准确"的价值,另一方面我们又追求经验和体验的无限可能性,而这种无限的可能性也许会消解一切价值。

现在,经济的增长已经与经验或人类感受性的增长融为一体,人类社会和个人对任何感受性的需求,很快就会成为新的体验型经济的增长点。如同短缺型社会,生产和经济活动围绕着物质产品,为获取最大量的产品。在物质产品富足的社会里,物质需求的相对饱和使生产和需求转向经验的获取或感受性的获取。人们不是为了衣食住行本身的需求,而是为了衣食住行的经验或感受性的获得。日常生活的审美化似乎强调了这一倾向。这一倾向把人的物质需求与文化需求的边界模糊了,我们甚至能够从这样的倾向中认识到一种双重性:人们在物质中所追求的精神与文化价值的升华,以及人们似乎只在物质形式中追求文化价值的堕落。从前者的角度看,通过物质产品追求精神经验或寻求复杂的感受性的活动,即使是消费活动,似乎也预示了人们的精神取向,成为物质生活的升华,成为人们的纯粹性或无辜性的一种证明。然而从后者的眼光看,人们所追求的是物化形态的东西,尽管他所追求的是意识,是观念和价值,或者是无意识、潜意识或感受性,但消费活动中的人只知道通过具有物态形式的事物去感知这种意识、无意识或感受性,没有物质形态的中介。更确切地说,没有商品形态的物质,他就再也没有感受意识生活、感知观念，甚至感知自身的无意识的能力，他的经验离开了作为商品的物质就再也没有感受力，没有对自身的叙述形式——换句话说，没有经济形式。没有商品形式，他全部的感受性都已经丧失了。他是一个商品意义上的唯物主义者，或唯我论者。这是一种新型的人，一种新型的消费人，经济社会扎根在他的身心之中。对于他，没有一种欲望不能以商品的物质形式加以满足，反过来说，如果没有其相应的商品形态，他就感知不到自身的欲望。古代诗歌与艺术中的所谓自然感受性变得极为遥远和隔膜了，那些只能使他的无意识受到惊扰。只有无限的生产领域，换句话说，只有消费领域才能满足这一需求，自然领域已经无法满足这种欲望，它只会让他感受匮乏的痛苦。甚至，在此基础上发展起来的以语言文字为载体的精神形式或文化形式，也不再能够使他获得满足，他唯一的感受性存在于物态化的商品形式中。他要求把一切意识、一切观念、一切无意识或潜意识、一切感受性，都纳入商品或物质化的形式之中。他要求意识的物化、观念的物化、情感的物化、无意识的物化、感受性的物化，也许还应该包括一切生活情调的物化、一切趣味的物化，就像从前人们曾经要求审美的物化一样无辜。

不明飞行物

未知世界似乎不再存在，不是它不存在，而是人们不再把未知之物的存在作为生存的意义参照。生存思想从古代宇宙论的参照收缩为人类学，收缩为伦理学，然后是政治经济学，而现在干脆就是经济学了，可以清晰地看到思想史的关注范围在逐步缩小的过程，与人的缩小和卑微化相一致。这是参照系的渺小所致。生命的神秘性就这样消失。成长使人失去了神秘性，不，是经济学这个唯一有效的参照物魔法般地缩小了人。这个参照物缩小了一切，使人的一切内在性卑微化——只是，死作为一个荒诞的奇迹仍没消失。这会是一种希望吗？UFO在某种程度上成为浅陋意义的打扰者，它是一切都可以计算清楚的时代里一个神秘之物。对一些人，神秘事物、异己之物几乎可以等同于暗藏的希望。但这个不速之客对更多的人们来说似乎已经降为一个娱乐新闻，甚至只有死亡这个负面的奇观保持了神秘性。

自由的戏剧

说话是坦诚的表现，开口言说是把自己暴露——袒露在他人之前，并准备应答或质疑他人的言谈，这是生活中的言谈所具有的原始戏剧特性。说话而非表演与饶舌，是一种伦理行为，也是一部情境敞开的戏剧——当说话确实在交流着认识的时候。或者，更自由的戏剧是，当话语一直在追随着那逃避话语的东西时。这时，有一个人始终在沉默着，不是他在沉思，而是他不准备进入话语伦理与责任关系。有一种人始终不想进入纯粹由自由交流、纯粹由言谈构成的人际联系中，他们的脑门子上就像充满禁忌的小酒店门口挂着"莫谈国事"。言谈的自由戏剧在一切计算性语言和指示性语言之外，这和他已经习惯并且谨慎适应的权力关系之间包藏着逻辑上的裂痕。

小 蜜 橘

一天就要结束了，手放在键盘上，准备开始享用语言：为自己写几句话。这个时候我的手觉得自己就要剥开——无意识冒出来的一个比喻是要剥开一些特别小、特别甜的小蜜橘。

生产是体验的总体叙事

马克思对资本主义批评的激情中，也传达了新阶级积极生活和狂热行动的节奏。他称颂了技术也赞美了社会组织的力量。对马克思来说，主要的不是资产阶级创造出来的东西，而是这种创造活动本身，重要的是人类的自我发展的能力、力量和对其自身存在的表述，重要的是解放了的人类发展自身的能力和冲动。这种发展指向一种永恒的变化，个人和社会生活方式的永久变动与更新。

对生产的原始分析只注重所生产的东西，但生产真正所生产的是人与自身、人与社会的关系，就像在马克思笔下，商品是针对人类社会自身的一种论述一样。他把生产和劳动视为人的潜在性、看成是力量，视为历史过程和对人类社会的总体陈述，或对人类社会的宏大叙述。在他那里，可以说生产活动是关于人类社会、人与人之间关系的"元叙事"，换句话说，生产活动作为一种无限可能性，成为对人类社会的总体叙事。这一总体叙述吸纳一切性质的关于人类社会、关于人与自身关系的叙述，将以往所有形式的叙述吸纳进这一过程。而文学的、历史的、宗教的等叙述，总之，一切意识形态的话语都是这个生产元叙事的派生物。这是现代社会特有的关于经济生产总量所具有的神话意义。对个人来说也同样如此，发展自身的无限潜能成为这个时代特有的经济道德，放弃这一发展潜能被视为不道德的堕落。这样，就没有什么依据来控制发展的自由，同样也就没有理由来控制个人的无限可能性和个人发展的潜能。在具有道德框架的社会里，社会化的个体人格曾经是对这种自由的一种限制或控制形式。一个人的内在骚动、他的行为能力的无限可能性、他所具有的发展的潜能必须与他在社会中所表现出来的人格相一致。正如卢曼在《信任》一书中所指出的，一个人的潜能必须与他已经表现出来的、社会认可的可见的人格保持一致。人格或良心如同一个控制中心，它把无限的潜能规约到个人人格的范围内。这种归约就像对个人无限可能性的一种简化力量。社会化的人格策略不仅限制某种潜在性，限制某种潜能的发展或实现，也使它在被压抑的同时给予升华的实现形式。生产潜能的无限性实现已经成为对人类社会的总体陈述，因为潜能的无限可能性已经隐含着高于任何道德陈述的更宏大的人类叙事。道德增加了潜能的无限发展之外的规则，而这个规则与整个经济规则处于不协调的状态。道德规约是一种对潜能的无限性的简化力量，而无限发展是复杂化的驱动力量。

社会自身在框架缺乏的情况下，难以为个人的发展提供任何规约性的框架。除了把发展的无限可能性视为唯一的前提，社会不能为个体的人格提供可信的规约性力量。在此意义上，社会有意无意地鼓励的不是人格的连续性，而是自我表现的非连续性。自我的行为在不同的时刻、不同的领域或不同的境遇中，处于不同的规则之中。在现代社会，不是规则的缺乏，而是规则的激增成为游戏的语境。自我表现或自我陈述的魅力似乎不是遵从同样的规约，而是享有不同的规约的游戏。自我陈述似乎不受社会道德判断的审判，而是以无限可能性、以某种审美价值为依据所进行的美学判断。这种美学是力量的美学、不平衡的美学对以和谐为核心价值的古典美学的取代。社会已经成为临时契约的社会，而个人已成为瞬间的、非连续性的主体。极端一点儿说，从所谓发展的眼光看，我们所面临的世界已经不是一个主体性的个人（他、她有着情感自主性的要求）与一个价值固化（或僵化）的社会的对立，就像19世纪的伟大作家所描写的故事，这是一个临时契约的社会和一个瞬间的主体共谋与狂欢。这种共谋策略似乎无情地抛弃了那些仍然企图固守自我价值或期待生活的安逸与幸福感的人们。

他笔下的资产阶级巫师其前身既有雪莱夫人笔下弗兰肯斯坦的影子，主要却是歌德笔下的浮士德。早先的浮士德出卖灵魂，追求的是一些确定的价值：金钱、性、权力和名声，想要的是每一种形式的人类经验，要一种无止境的发展过程："在我心上堆起人类的苦乐，让我自己的自我发展融入人类无束缚的自我。"它意味着一系列的自我转变，和对他生活于其中的整个物质的、社会的和道德的世界的转变。"地灵"送给浮士德的讽刺性名字叫"超人"，这是浮士德与魔鬼关系的含义：人的力量只有通过"魔鬼"，即可能以可怕的力量爆发出来，才能得到"发展"。资产阶级经济的驱动力和压力把这两者注入每一个现代人的生活之中。最灿烂的快乐最阴郁的绝望与最生机勃勃的能量最令人震惊的毁灭纠缠在一起。它们也体现在现代文化的内在矛盾之中。

过剩的危机

已经不再是一个物质生产匮乏的社会，然而生产过剩也产生经济危机，正像思想的危机是思想生产的过剩，知识的危机是知识的过度复制，信息的危机是信息的过量传播，因此生产出需求就成为商品生产的核心。扩大再生产成为生产的目的。扩大消费成为消费的目的。增加生产总值成为增加生产总值的目的。因此制造需求成为需求的手段。而这些需求又是如此荒谬。许多产品本来就是垃圾，或尽可能多地制造出垃圾，尽可能将最有用和必须的产品设计得尽早尽快地垃圾化，才能维系需求。因此对产品精心的技术设计不是为着坚固实用，而是精心制造出产品的脆弱部位,为工业制品设计出一个比药品还短命的有效期。因此必须对产品进行系列化的更新,必须对商品进行代际设计,必须不停地更新型号,将部件的更新维修尽可能变成整体淘汰。商业垃圾工业垃圾电子垃圾在无限地堆积,然而拉动了需求;资源和能源无限地浪费,然而生产总值在增长。这真是一个奇异的闻所未闻的美丽新世界。接着,某个金融风暴和经济危机来临,而它的生产总值它的利润它的积累转眼间就化为泡影。但是一定会留下一个千疮百孔的不再是自然的自然,不再像人的人。

维　　柯

　　维柯是反现代的吗？维柯是反启蒙反理性的？在维柯沉寂了近一个世纪之后浪漫主义这样重新阐释了他,的确,维柯的神学政治,他创制的历史神意论或历史衰落论的循环论确是反现代的。但维柯的一个更为核心的概念是"人的自我创造原则"。而这一原则事实上颠覆了他的神学政治原则,人的自我创造原则为什么不是一种启蒙、一种理性,甚至是现代观念的核心？或许应该把维柯这一思想及其诗意表述方式视为启蒙与理性的一部分。谁把启蒙与理性简化为一种坏的力量,而不是再次通过某种创造性的方式彰显出它最初始的光？在维柯写作他最重要的晚期著作《新科学》的时候,在哲学与政治理论中也只有笛卡尔、马基雅维利、霍布斯、洛克等人在先。法国启蒙思想一代人还要晚上半个世纪才能到来。为什么将启蒙视为在历史的某个时刻已经彻底完成的事件，而非一种没有终结的实践？将诗——感知、感受、情感——与理性对立起来没有根本的意义，理性也惯于赞同它认可的情感教化与感知经验。如果人们把理性有意地狭窄化再对理性发起攻击似乎不是诚实的行为。伯林从维柯的思想中概括出的"七个超越时间的概念"并不证明他的反启蒙、反现代，不带偏见地看，维柯的这些思想已经成为现代文化的核心价值。

这些概念是："人的本性是可变的，而且这种变化就归因于人类自身；人只能认识他创造的东西；因而人性科学不仅区别于，而且高于自然科学；文化都是整体的；文化创造的根本方式就是自我表达；艺术是这种表达的主要形式；我们可以逐渐理解现存和过去的其他文化的表达方式，其途径就是重构想象的训练。"再也没有什么原则比维柯这里的等式更为现代了：人是自我创造的；人的自我定义是通过自我表达——主要是艺术或诗——实现的；而且只有通过"重构想象的训练"人们才能理解这一文化表达。迄今为止，还有什么思想比维柯的这一诗性原理更为现代？换句话说，还有谁能像维柯这样为人提供了自由的最高准则，将人的创造、想象、自我定义置于最高虚构位置？

文本和语境

不只把语境中的事态，想把语境自身移植到我的文本是一种梦想。移植过程即修辞活动,是一种充满异质性的过程。一首诗是,片段式的笔记是,文章也是,文章不过是片段的延续。事实上不可能把语境移植过来,语境总是停留在变化的境遇中。从那里啃下来的只是碎片。一个句子有上下文。一个句子孤立出现时也强烈地暗示上下文,就是一个好句子。一个文本有语境,它依赖语境,但就像一个有魅力的句子辐射它的上下文那样依赖语境。

媒体产品

明星不是一个某人,他的光环不是自身的什么德行,由舞台背景和连续曝光所赐予,直至成为一个空洞化的视觉符号。明星是媒体产品,无数媒体系列产品中的一个,娱乐世界里的一个视觉消费品,是人们的可视可乐。他身上最有魅力的是时尚,一种当下时间,一种流动的、微妙的社会心理时间。人们通过它感知着自身的模糊欲望,通过制造媒体产品,人们崇拜着当下。而当下无情地消失着。一个接着一个,这些媒体制造的系列产品,维系着永不消失的商业社会的时尚氛围。一旦这种时尚气息消失了,商业世界的物质魔法就所剩无几。

身体语言

对舞蹈演员来说,身体是她们的主要语言。对我来说,身体似乎只是一个工具,把我搬运来搬运去。身体早已陷入沉默。看她们舞仪万方,就像一个哑巴看着他人的口舌悬在一条河流上。舞蹈演员的身体是原始的母语,舞蹈的身体不是欲望,它是表述欲望的话语。我的语言不直接,它不是我的身体。我借用文字,一种不贴切、不贴身的媒介,表述自己的欲望。为了不把自身的欲望弄脏,我得先让这些文字几乎拥有我赋予的呼吸,我的乖僻,获得身体性的瑕疵。然后,我才能让我的语言不是走路,而是能够足之蹈之。

高处之谜

傍晚出来散步,我们一边谈话,一边漫不经心地登上一个小山,不知不觉已快到达山顶,我们停在山坡的边缘,山谷里小城稀落的灯火出现在眼底。驻足,观看,人间在下面,缓缓在微暗中伸展。微光在山坳、湖水、树叶上闪烁其词。那里现在是一个失去了细节的世界,成为夜晚的一片风景。只有此刻,天才笼罩它,山野才围拢它,我偶然路遇它。这个山坡陡然把我抬高到一个易于思想的位置。山坡上,星空下,我的周边悄然形成了一座穹隆,一个苍穹,我渺小然而坚定地置身高处:这个地方似乎是接触一切伟大事物的切点,似乎胸臆也随之开阔了许多。谈话不由自主地从闲谈转向了思想方面。我讽刺性地意识到刚才我说的话里透出这一刻恰好所在的这个山坡所添加的气息。那里的观点是山坡所致。仁者乐山,意味着失去细节的观察？一切细节在高处失去了刺耳的声音，却以更完整的形态缩小地尽收逐渐开阔起来的心间，犹如把望远镜倒过来看到的世界。一切日常世界重要的事情变成了小事物是那些伟大心灵的标志，而登山是这样一个内心过程的可以观测的细节。一个人不是一直在无意识中寻找能够俯视生活世界的视阈和观点吗，可在一种纯粹的物质性斜坡上，精神的斜坡就这样抵达了。

一个未完成的陈述

一个形象的秘密似乎在于他是某种理念的肉身化，是某种较为完善的摹本。而不美的，只是理念的退化形式。这里的陈述句都是问句，它只不过是欲望的伪装吗？一个人走过，他携带着多大一个磁场，一个辐射区。事实上，他携带和散发着的动人气息不是在他那一方面，而是在感戴者的心里。当然也不是，他们都是被一个秘密包含在其中，而非他们是包含者。一种事态，如果找不到修辞，就失去了叙述它的动机。我企图叙述一件事情，而半道上放弃了。写作的愿望从内部消失了。意义是类比的真实。

随身携带

在一个地方你开始像植物似的扎根了。在一条路上要盲目地走过多少回，才会成为情感与记忆；在一个庭院里要溜达多少年，直到熟悉路边的一块小石子；一个房间要睡多少季节，在午后睡眠方醒时一次次盯着它呆呆地看，它们才成为笼罩你的环境；什么时候你开始把熟悉的外部认作与自身相称的一件舒适的外衣，甚至感受为你身体的一部分而随身携带。

我力图传达一种世俗的启示是物质的魔力，需要人去翻译的事物的语言。

疾　病

想到一个人必须到达老年才会有的认识，我不再惧怕衰老。甚至——所谓"朝闻道，夕死可矣"？而且那种认识与衰老恰恰相反。它是思想的真正青春。它能够把思想的热情馈赠给他人。我因为连日胃肠不好才想到它，疾病竟然给我一丝莫名的勇气。一个比喻是认识中一种经验来源的可见痕迹，思想以此证明自己有一个出身。但这个比喻不该像一只鹦鹉那样通俗。

工业社会的比喻

工业的比喻与农业的比喻之间的差异，透露出不同的心性。它仅仅是我们表述的语言吗？事实上是被表述。有机械必有机心。上一时代的战争比喻是社会话语的总体修辞学，现在，这一表征体系转至工程学修辞和经济学修辞。无疑它们都影响着人们的心性。一个社会的总体化修辞比一个时期的意识形态更深入冥顽不灵的心志。陈词滥调是一种恶劣的习俗。个人修辞学存在的意义,在于用经验的偶然语境打破这一总体修辞学。真正的比喻不是话语之外的东西,不是附加在描述中,比喻是对事物最终的不确定描述,对事态最后的,然而是随着比喻移动语境的阐释。它不是用喻体取代本体,而是使之重叠,使之异化。喻体与本体之间距离越大,比喻话语将事物置身其中的语境就越宽阔深藏。比喻是个人修辞学的一个"他性"面孔,它梦想一种没有先例的个人思想,然而似乎完全来自于隐秘的修辞学属性。写作是个人经验与隐秘的修辞学意志之间的一种交织。

物 质 记 忆

路过园子里一棵榕树,心底涌起温暖,仿佛遇见了……路遇一棵低矮分蘖的榕树时,想起几年前小德加在一群孩子的鼓励下,勇敢爬上高高树杈的样子。那时小德加还上幼儿园,现在,这个初冬的上午——此刻德加正坐在郑州一小学五年级的课堂上。以德加眼光看,树杈变矮了,犹如少年们的一只小木马。往昔孩子们的笑声似乎还萦绕着榕树纷繁的枝叶。此刻我不由得涌出的笑容紧邻那一时刻。不经意间,一些物、一些地方,已变为个人记忆的偏旁。

疑　　问

如果无论我写出什么，你都能够理解，这是否意味着一切早已存在于你的心中呢？即使我第一次俘获偶然的修辞猎物，你也认识它。那么，它——一切写下的，难道不是纯粹的已知之物？使人获救的，是未知，或许也是未识。那是如此浩瀚的一个世界，不被认识，也要保证不被简化。松开它们之间的逻辑，保持一切偶然的感性机缘。

比　　兴

在草原上，在身心被广阔的世界兴起的时候，我知道此刻我在接受一种力量的灌顶，接纳一种来自宇宙间的神秘无言，明显地，我知道此刻怎样壮阔了自己。而我是如此快乐地被异己的物质占用。我知道"空"的快乐。诗歌的比兴，类似于一种情绪或心志的起兴。它的作用是在与自然的接触中使心志的感性机缘得以发生。比兴意味着感受的发生学秘密。这就是当人置身草原、置身群山之巅或大漠戈壁，万物及其广袤空间以它自身力量兴起人的情感，起兴人的心志。在这样的地方，这样的时刻，一个人置身其中的自然如同一部大诗，远远超出个人的理解而兴起无限的意绪。诗的比兴话语是以文字为媒介再度接触自然之物，文字充当了"字灵"，采集万物精义以壮阔心灵；以感召不在场之物的莅临。比兴不是已有心志的表达，而是起兴之物的莅临，是人置身万物之中才发生的心志情状。比兴之物，比兴之言，是心志的发生学场所，如同一个人到了草原才开始了愉快感受，他的心性才被兴起。每日每时，如果身边没有广阔的草木，他就没有精神。

每日每时，思想中丧失比喻时让人多么沮丧，缺少了"兴"。寻找一本好书，转向窗外，去临近"兴"的事物。

话语中的熵

一切能量都在持续减少，由高热高能耗费为灰烬，或者耗散为废热。许多话语、文字和著述，曾经是铁与血，但是——看看图书馆、书店、阅览室、街头报亭，或者抬头浏览一下自己的书房，它们的安静如同宇宙最终的沉寂。六君子、七君子、七贤、八怪，或者被统治者赐予一死的苏格拉底、李贽……他们为自己的言论见解甚至为隐晦的诗文比喻付出惨重的代价，被送往大牢深狱或送往流放地。一些人为了说出某些话语，某种见识与感想，甚至被送上断头台、绞刑架、火刑堆。而今，他们在我的书房中，只静悄悄地占据一本小书的位置，他们有的已被人们遗忘，或许也能够在某种历史书籍里占据一页半面的叙述。可有人曾经为此付出过血泪，掉了脑袋，毁了仅此一生。而在最好的情境下，这些话语中如枪声一般惊心动魄的思想，已经变成今天的常识。真理被保存下来了，就像日心说，尽管能量被保存下来了，然而它被送入了一种不再能够转换的状态中，甚至变成一种陈词滥调。连强大的统治者的思想也是如此，那些神圣的经书，宗教的或革命的，那些以圣旨或以真理面目出现的令人胆寒的言辞，也早已变成了闲谈。话语中的高能趋向于废热。一切真理都已变成喧哗中的噪音，一切思想都变成闲谈。尤其是电视里的经史百家，已是白头宫女话玄宗的思想晚景。

熵的胜利似乎是宇宙最终的状态。话语中的熵似乎还在递增。我们自己的时代，那些话语和思想从一出现就是熵的胜利。以思想面具出现的话语，一开始就是一副闲谈者的面孔，我们时代的热播话语尽量不携带高热高能的思想，似乎是一种极为明智的低熵话语，甚至不携带思想自身的任何体温：一副白头宫女的面孔。即使如此，人们犹觉不足，人们仍旧在细心审察个人话语中已极其微弱的思想能量，无论是慎言的写作者，还是更为审慎的编者，极其小心地从已经写下的文字中删除那些可能携带了微弱意识能量的字句，直至使之一出生就是死亡，在表达之先就使思想的能量耗尽，使其徒有思想的形式。我们自己充当了时间、历史使一切变为灰烬的熵的力量，我们就是使宇宙间趋于零、趋于停滞、趋于石头、趋于废热的熵本身。思想与生命的任何反熵的力量都这样提前耗尽了。思想早已变成闲谈之一种。在写下为之担忧的某些话语时，我才知道，活着的人还是可能具有一丝微弱的反熵的能量。

诗的话语是另一种反熵的媒介，埃及诗篇《亡灵书》距今已 5500 年，然而这些话语仍然保持着它的秘密，它的思想能量，成为亡灵真正不朽场所。诗歌话语诞生之初，就是低熵的话语。当历史中那些高热高能的话语沉寂下来时，诗歌话语还在说出它的未解之谜，至今依旧是人们心中可能的慰藉。它的微暗的火焰还在持续自己，它的真理还在生效——这未解之谜仍然是熵的法则——结构越是封闭，它的能量就越快地耗散，如果这个封闭的结构得不到从外界引入的能量，它们结构组成的力量会消失化解。隔离越多，熵的增加越多。最终熵欢庆它的胜利。无论在社会的、经济的或思想文化领域，在宇宙中起作用的似乎是一种热力学的死亡本能。宇宙变成它自身的废热。熵的法则是某种落体定律——世界是坠落的一切，它从复杂结构的顶峰重新坠落回伟大的简单。死亡就是这伟大的简单，死亡就是这伟大的消费者和消费行为。然而，关于死亡的话语，《亡灵书》提供了一种反耗散结构，伟大诗篇的话语是一种非封闭的象征结构，在移动的语境中引入新的能量，它也一再地进入能量的转化形式之中，然而却不愿意停滞在任何一种确定的、不再转换自身的状态中。一如诗篇，一如音乐，一如它们总在自身寻求转换性的话语及其结构。它耗尽全部的能量仍然不足以维持自身意义结构的耗散，如同宇宙间一桩无意义的丑闻。

关于信心的一个论据

一只小羊羔跳过了一条水泥沟，接着一只老羊迈腿就过来了，另外三只小羊羔也跟着跳了过来。只剩下一只小羊羔抬了一下前腿，试了试，改变了姿势，然后在沟渠边缘左右游移，水泥沟是人工砌的，小羊羔找不到更窄的地方。已经过来的三只小羊羔回过身，在沟渠这边迎着它，三只小羊把头伸过去，望着它。对面的小羊羔还在犹豫，一只小羊羔跳了过去，就在它还没有转过身的时候，胆怯的小羊跳了过来——对这一切，两只老羊若无其事地看也不看。似乎它们知道、满意而放心——在三楼的一个房间的窗口，看着窗下这一短剧的人，看到了幽默与温情。尽管每天会听到一些令人失望的消息，然而，这是一个证据：而且看来它并不一定来源于教育和文明史的演化。于是他中断了电话中的谈话，对这一情节剧向她进行了现场叙述。

咳——如果这一感人的情景成为某种可以据此进行推论的起点，我的全部生活都会成为问题。

抽象与形象

应对世界日益复杂化的方式是对世界持续的抽象化。概念就是这样一种手段。具象—形象在变为象征的时刻也走着这样一条简化世界的路。象征选择了一个使形象获得确定性的网络，在此意义上，象征更接近的不是事物的形象而是概念。距离也是抽象化的手段。但如果从另外一个星球观察，就会只剩下矿物和其他物种的概念。

与之相反的一种话语活动的动机却是：生命不该被局限在一些概念里。意向性的饱和弥漫了词语的边界。真实的无限性取消一切观点，只有沉默与它相配。此刻，是唤醒形象、意象的时刻。任何被适当地看到的形象都处在一个未知的位置上。形象聚集着弥散的破碎的意义，又保持着适度的沉默。

观光客的意识形态

曾经听到数不清的人从某个旅游胜地回来并对生活在那里的人们的淳朴善良赞不绝口，对那里因为信仰而保护得很好的神山圣水难以释怀。然而他们转眼就会诋毁那里的制度与习俗：不是说没有一种制度可以不受批评，尤其是它的传统模式，而是说人们对它的制度所了解的常常限于同一部电影提供的知识，和一种无须任何历史知识就可以进行价值判断的意识形态；人们既没有意识到在他们赞美与诋毁的事物之间存在着的一种微妙的联系，也没有意识到他们的赞美与诋毁同样是不真诚的。

如 何 看

观光客自然是一切为了看。观光客是纯粹美学的人，纯粹为着事物的表象而快乐着的人。当然观光客与当地人之间在如何观看上存在着不平等。尽管当地人有时也是一种观看者，但这种观看不是脱离他自身生活与传统场域的向外观看。也许是对外来者的不信任、诧异，在没有经济眼光之前，当地人的看会带有好奇与不安。而当地人纯粹的经济目光则倾向于成为自觉的被观看者——事实上，当地人有时也愚弄着观光客的观看，只给他们看那些他们想当然或愿意信以为真的东西。

多重天堂与多重地狱

　　托尔斯泰拥有一个天堂和一个地狱，因此他也拥有一种真理。然而帕维奇的真理却不止参照一种坐标，因为构成他的多重真理的是多重天堂和多重地狱。他披露自己的无根基性，给自己自由，同时瓦解自己的固有真理，给自己嬉戏的智慧空间。帕维奇的小说充满智慧，具有格言风格。但当你试图引用时，会容易发现，你很难引用它们。他的智慧不能纳入一部学术著作或一篇学术文章。也不能纳入单义概念及单一推理的狭小逻辑。当然我们知道，托尔斯泰或者雨果小说中的格言可以被不加改动地引用到一篇学术论文中去。托尔斯泰小说中的话是正经话，那些话语一直置身于理性话语的语境之中，即使是激情的话语与雄辩的话语，也处于理性思维的逻辑之中。引用行为不会改变这些引语的含义，也不需要改变语境。但是帕维奇（还有萨拉马戈和其他人）小说中的话语一旦被引用，就使引用者面临尴尬。这些话语就对引用者产生反讽。它们戏弄引用者的逻辑，挑战引用者整个文章的风格。引文中的幽灵似乎是一个异教智慧大师，使引用者的表述陷于泥沼。

引用的困难在于许多因素：小说中的智慧话语通常不是作者的直接语言，而是作品中人物的话语；这些人物既不代表作者，也不代表正面人物；这个人物所说的和他所做的有时构成反讽关系；这些话语是在一个语境中说出的，它的丰富含义不能脱离这个情境；这些话语是多义的和作为玩笑使用的；这些智慧的话语布满细节、比喻，这些智慧的格言既作为比喻出现，也在细节中体现思想，一旦这些细节出现在概念化的语境中，细节就丧失了它的语境中的典故性，显得琐碎多余或者不明其意。对于帕维奇这样的写作者，没有细节和隐喻的真理是不值一提的空话。

说与所说

信息传播方式和宣传话语主导着人们的表达，它只知道一样东西，就是"所说"，而对"说"本身毫无意识，对如何说不关心。任何在表达时注意文本特性的东西都不会被理解，都会遭遇晦涩的指责。尽管中国思想（还有诗传统）一开始就对"说"（道）的困难问题那样感兴趣，因为它懂得不只是"所说"的与意义相关，"说"本身及其"说"的"文本性"与意义之间也有密切的关系。

美 是 负 熵

只能阅读一遍的话语是增熵的。一首诗、一支古歌却不会因为重复吟诵而丧失其意义——我们是否把这种历时久远却依然在持续生成着的意义称之为"美"？只有美是负熵的。一支古歌的美不会随着时间的流逝而消散，一首诗的意义不会因为重复而耗竭。反之则是增熵的话语。流行音乐之所以说是流行的，恰恰在于它是迅速流逝的，意味着禁不住重复就耗尽了其有限的意味。这是否意味着只能阅读一遍的话语就不该写出？除了那些必要的、在某种语境下具有社会伦理功能的话语，只阅读一遍就耗竭了的话语即是废话。除了提供证词之外，除了诉状之外，只能阅读一遍的话语就不该被写出。在一切以真理面相出现的权威话语、一切声名显赫的名字都成为一些模糊的符号的时候，一首古诗、一支古歌的美抵抗着普遍增熵的世界，超越于一切毁灭与灰烬之上。

重　　复

诗与音乐，是因为自身的符号序列构成了重复的秘密反而得以摆脱因重复而式微的命运吗？重复因此成为一种符号自身的更新机制，由此更新着符号与意义的联系，避免了意义的耗散。断言不是结论，断言只是一种猜测。

清晨的形象

清晨,推开二十层楼上的窗户感受着这个西部城市夏天凉爽的气息,看见下面网球场上有人在打着网球。对面的那个身影即使在如此高的地方也能看出身手的矫健。网球场周边的杨树使穿着运动装的身影显得同样挺拔。吸引目光的是那种身体运动之美。这一身影的闪烁竟然像包含着什么意义似的从心中轻微地爆裂。她赋予这个清晨以无限隐含的魅力。她伸展的肢体曲线,她划动的弧线,网球的抛物线,围拢的白杨叶子的哗哗声,赋予整个城市以无以名状的意义。

听　歌

有时我发现自己易于感伤了。感伤主义者拥有过多的情感,或许是一切都堪落泪。感伤主义把情感作为生活的主要消费品。我喜欢的歌唱家不是很多,一旦喜欢了就会总听:德德玛、腾格尔、布仁巴雅尔。偶尔也听殷秀梅的歌,虽然时不时冒出极不喜欢的词语,但她的声音似乎有一种清洁作用,或使我不去特别在意它。戴玉强在处理民歌时有一些"油腔滑调",声到情不到地修饰着庄严的纨绔。谭晶的声音似乎是来自那个永远属于过去的世界,但它没有消逝太远,她的声音仍旧能够在我们的心中找到它,她证明我们依然是……

低　　语

我听见一个人心里时常低语着：没意义……没意义，似乎是无意义自身在低语。我听得出两种不同的声音，一个是"一切都没有意义"，连说出这一点也一样，是一切语言的失败；一个是充满否定的意志："这没有意义。"后者不知道意义是什么，或许它只通过否定的意志知道。生活没有意义，人们依旧生活着；事情没有意义，人们依旧依葫芦画瓢地做着。这就是世界日益漫画化的喜剧特性。

环　　境

"环境"一词意味着：它是环绕着我们的身体或生存的境遇，一种可逆性的日常境况，是可以重复的、回环的、返回的，犹如河流，犹如星座、天河、季节、节日，犹如天空、土地与家园，犹如生与死变动着的谱系。从先人的后人变成后人的祖先。环境包含着人们自身可以安全地重复着的一系列行为、规范与变化，环境是一种环抱着我们的事物，直至延伸到我们的意识与眼光所不及之处，延伸至宇宙之梦的深处，但依然对我们的生存发生着能够预知却因为我们自身的无知而不可预见的影响。

土木的味道

越来越多的城市不再有味道。20世纪80年代初的西宁城还有浓重的土木味道。是时间与历史的味道，也是土城墙的味道，木质房屋的味道，来自牧区的人们的草原味道，街上烤羊肉和卖酸奶子的味道。生土墙体是土地的自然延伸，黄泥小屋似乎是土地自然隆起的部分，树木荫蔽着的木质房屋也是。近年的西宁亮堂整洁，但少了几许味道。

论 艺 术

人们说起现代建筑史、诗歌史或艺术史的时候，更像是在描述各种离经叛道的事件史，似乎现代艺术史不再是无疑的杰作所构成，而是由一系列近似于恶搞的事件所构成。

一个艺术品是一个自足体而不是它意指别的意义，一首诗是一个存在而不是其意义——现代艺术理论表明现代艺术是自我立法的产物。这些见解或许有着自己的深意，无疑也为空洞的、本身没有意义的制作提供了一件皇帝的新装，以至于艺术史和艺术批评能够接受把设备管件当作自己的艺术作品加以签名的做法。

城市的面相

一个城市如果有一个面相的话，那就是它的建筑；一个地方如果有一种传至久远的物质记忆的话，也是它的建筑物。建筑是一个地方最具体的历史记忆。除了少数人所知道的古籍中文字的记忆，留存下来的建筑物就是一个地方的人们物化形态的集体记忆形式了。在某种意义上，这些建筑物就是一个地方的一部精神传记，记录着它的人民的历史和生活。建筑物也是一个城市的面相，它像种种不同的面孔那样，或生动，或呆板，或充满神圣的意义或像一张白痴的脸，什么意义也没有。而今大多数城市就是这样一种彼此复制的、没有意义的、穿着一件新衣的白痴面孔。

看的方式

一个事物就是它自身，既有深刻的含义，也是一句废话。一本新书是自身，一本旧书则会把不在场的东西聚集起来；一座新房子是它自身，观看的目光不会流连别处，一座古老的建筑或废墟则显示着别的事物，它会把周围的原本与之无关的事物，诸如树木、爬藤，远处的岩石、云层，通过气氛的弥散把空间笼罩起来。一种事物如果是有意味的，就总是意味着别的东西，而不仅是它自身。把对事物和艺术品的观看设想为自足，或许是以艺术为名的愚弄行为。

供观看的事物，如果仅仅满足于其自身的"完整""自足"，则可能是匮乏性的自足，排除了意义和与其他事物联系的自足是它空洞性的表现。艺术总是处在生成中的事物中，即使废墟也在生成一种新的空间感。作为艺术的事物自身总是布满空隙，或者意味着自身时间与空间边界的弥散，它从不自足。

面　孔

你不喜欢一些面孔，但你心中疑惑，你认同的人却对此没有这样的认知。你不喜欢的东西是什么？是面孔上已经死去的东西。那些面孔上有着太多的死亡痕迹。不生动？不健康？阴暗的或某种制度性的冷漠？某种没有真实热情的表情残余？它们像拉过皮一样紧绷着，像一扇关闭着不再打开的门窗。一张无赖的脸至少也会散发着熟悉的人性。任何明显的缺点或脸型上的缺陷都不会让你产生如此近乎生理上的不适感。

你喜爱欢乐的、纯真的、慈爱的、智慧的、悲悯的……脸，谁不喜欢？你喜欢痛苦的、忧郁的脸，焦虑的或饱经沧桑的脸，放纵的或禁欲主义的脸，甚至是肤浅的脸，蛮横的脸或假装深刻的脸，嬉皮笑脸滑稽的脸。然而你不愿意看见一张死脸，或许这是无论什么样的真实情感的表达都被迅速自我熄灭后所留下的痕迹。或许这是另一种受难的脸。因此你这里悄悄说出的，可能就是一种不够道德的个人的视觉伦理情感。请原谅。

看吧，这个教主

尼采的"道德的谱系"建立了一种有害的道德类型学，即他所做的"主人道德"和"奴隶道德"之区分。主人道德是强大、勇敢与独立的道德，通过自我肯定来定义自身；相反，奴隶道德是弱小和依赖的道德。在这个人看来，奴隶道德还是小人和阴谋的道德：宣称每个人都是平等的，以此否认主人道德的优越性和他人的强者地位来定义虚弱的自身。奴隶道德是暴民或群氓对强者的"怨恨的现象"。看来这个人的反本质主义一点儿也不彻底，他跟在启蒙精神后面重复了"神的死亡"，却接着宣布了"主人"的诞生，还颁布了"主人道德"和"奴隶道德"。在这个主人道德的教父看来，奴隶道德是一种从虚弱中产生的道德。他说，奴隶道德所尊敬的最重要价值是同情，即保护弱者。

把他的这些说法放在对个体道德的抽象考察中或许还有一丝"心理学真理"，但是如果将这种思想放进他自身也置于其中的历史过程的话，则陈旧到似乎是从国王的古墓里散发出的臭气。他把自以为聪明至极的天才的心理学洞察（他自己特别喜欢这些词："聪明""天才"之类的腐肉一样的东西）安置在现代思想和历史理念的逻辑中时无疑犯下了年代误置的错误——无疑，这是一个从法老、秦始皇、尼禄到希特勒、卡扎菲一干人才会认同的"国师"或教主。

历史中的现象学

在谈到柏格森的思想时梅洛-庞蒂说，哲学从来没有完全处于世界之中，也从来不在世界之外。在柏格森 1937 年的遗嘱中，他说明自己的反思越来越把他引向天主教，但是他接着说了这样的话："如果我没有看到多年来一直酝酿的反闪米特主义的浪潮即将在世界上汹涌席卷，我就会改宗。我一直愿意留在那些明天将受到迫害的人们中间。"我们知道柏格森信守了诺言。梅洛-庞蒂说："正是在这里我们看到了柏格森如何设想我们与真理的关系。赞成一个制度或一种教会所支持的真理不应该解除他与那些明天将受到迫害的人订立的历史条约，转宗将是一种背叛，加入公开的基督教没有能够考虑到隐藏在受迫害者的受难中的上帝。……正是通过它做出的选择，柏格森证明对于他来说不存在他可以不惜一切代价——甚至中断人类关系以及与生命和历史的联系——在那里寻找真理的真实处所。我们与真实的关系得经由他人。要么我们与他们一道通达真实，要么我们通向不俗的真实。但是极度困难的是，如果真实不是一个偶像，他人反过来也不是神灵。不存在没有他们的真理，但是，为了通达真理，与他们一道是不够的。"

　　是不是能够这样猜想，他甘愿让自己的行为——有时包含"表达"这一行为——属于世界，属于人们——因为这是属于伦理的真理，而保持着让自己的心灵属于自己的真理，属于自己的语言和自己的表达。柏格森未必在哲学反思中站在犹太教甚或犹太人一边，但他毫无犹豫地让自己的行为站在他们——受害者一边。这意味着我们的行为必须尊重境遇伦理，而我们的思想可以飞越它——或者说，我们的伦理思想应该尊重他人、尊重我们与之有着历史与社会契约的人们，而我们的个人的真理则可能追求着没有限制的自由。作为前者，我们不该以个人的思想、个人的真理逃避历史中的真理，不该解除与他人尤其是受害者的契约；作为后者，我们的思想不该委屈它自身。前者具有一种确定性的情境，而后者是个人生命、思想与不确定的宇宙之间的一种作为希望的可能性。契诃夫是不是也是如此，他去库页岛流放地履行一种对他人的职责，写出《萨哈林旅行记》如同要偿还所欠受难者的一笔道德债务，以便使他得以再次安心创作他热爱的文学。然而，后者——后一行为没有表现出足够的勇气吗——我是说他自己的真理，他自身的真实。梅洛-庞蒂说，柏格森如此说他人的时候我们可以想象他也在表达自己："他不会放弃他坚持的东西……他是这样的一类人，他们甚至没有表现出足够的抵抗，以便让我们能够得意地看到他们从不屈服。"

时间的可逆性

当被问及年龄，你总是提前说出自己明年的年纪，这是小时候的个人习惯，因此你私下觉得每一年都过了两次。虚岁，实岁。还有日子的阴历，阳历。岁时历里头藏着细节的小小可逆性。

电子复制时代的生活

世界已经由机械复制时代变成电子复制时代，一切都在轻而易举地被复制。信息在自我复制中消除了思想，思想在自我复制中消除了我思，我思在自我复制中变成了无我无人亦无思。一个半遮掩着眼睛的明星被无数的年轻人所复制，一种格式化了的情感在流行中让无数包含着差异的内心被格式化，连结婚影像和死亡的形象也在相互复制。一切都在迅速的电子复制时代中消除了个性，一切都在无限的快速增殖中耗尽自身的能量，一切都在复制中成为没有原版的影子制品。

感官主义者的旅行

旅行是一种唤醒感官的活动。阅读是唤醒反思的持续过程。无论认知还是感性，都如此易于陷入它的沉睡。而人还独自活着。

晨雾下的草原

夏天的草原上早晨起雾了，要到八九点钟以后雾才会慢慢散开。经过一家牧人驻地时，牧羊犬已机灵地起身跑着，朝我们叫，它让我们注意到雾中一幅牛羊夜宿奇境，由羊群和牦牛构成的一个圆形图案：中间是一片白色羊群，也许是因为夜凉羊群相互依偎；在羊群之外，牦牛紧紧地围绕着羊群卧成一个黑色大圆圈。体积大的牦牛们在睡眠时把相对弱小的羊围护在里面。牧人的帐篷在外面。最外面是几只牧羊犬，它们在夜间的位置是放哨者的。这一美丽图形拉近了不同生灵之间的物种距离。一种既是自然的又是道德的秩序，人类社会中早已灭绝的，却在青海草原上不期而至。车轮缓慢地转动着，这个图案犹如一幅古老的星相图，在晨雾中似乎是夜间的天体、一个星座在静静地运行。它遵循着古老的引力或宇宙定理，也许最终能够帮助我们的小星球度过其厄运。在微弱的晨曦里，草原上无数悬在草叶上的露珠和这一星相图交互辉映，反映至无边无际的空间，直至一群莽撞的游人心中。

晚期风格

精神还有一种幸存的形式就是它自身的巴洛克化。清代建筑、木雕、京剧，甚至藏传佛教中的唐卡，繁复是衰落的一种精致形式。

创新的晚期

人们在知识上或风格上推崇创新，求新已趋于创新崇拜，当一种文化或一种制度失去创新能力的时候，就朝向它自身的巴洛克化，即朝向繁复与琐碎。与此同时，德行总是老一套，而邪恶总能花样翻新。这一对被宣称与当代艺术丝毫无关的道德范畴早已隐秘地进入了并不纯洁的领域。

欲望的转喻

当身体衰退时，一种新的欲望上升。欲望有一个新的对象：对文字的欲望，写作的欲望。因此，即使看起来理性的话语和美学的修辞后面，是不是欲望的另一副面孔？而修辞，就是欲望的一种化身，修辞就是一种轻度的色情？

当然，修辞也是感性事物的可见皱褶，是理念的可感皱褶，就像交叠着的肢体。

思想不等式

没有任何东西相等。事物的独特性保证了一切都不会有相等的机会。一只羊绝不等于二百元人民币，一斤羊毛也不等于一斤铁，然而计算思维发明了一切相等的公式。思想中的概念类似于一种等式。概念取消了事物的独特性，就像等式以量进行通约而取消了的质。

理论直觉

梅洛-庞蒂谈论问题依据的多是绘画，依据绘画经验，梅洛-庞蒂更便于解析知觉现象。虽然他对知觉经验的关心仍然有形而上学的余音，可他对身体、对言语活动、对不可表达性的事物以及媒介的沉思，他对绘画、对看的方法、对语言的文学性使用的研究，使他接近奥秘。他1961年去世，才活了53岁。阿多诺依据的是音乐，他们也都依据诗歌和哲学传统（巴什拉更是，巴什拉我几乎不读，他的引语过多，话语与思想缺少流动感）。鲍曼的理论直觉通常更多来自文学，尤其是小说，因为他是社会学家。这些思想性人物都会致力对时代的阐释，对现在的诊断，同时他们也通过某些个人特别喜爱的中介物或中介过程来阐释世界，中介的差异也会表现出独特的洞见之来源。我这两天读《美学理论》，觉得阿多诺过于唠叨。在《启蒙辩证法》里，片段是简洁的形式，根据《最低限度的道德》片段看，片段是迷人的形式。可在《美学理论》中，几乎是饶舌了。他的有些词语，比如他继承来的话语"真理性内容""客观性"什么的，有时也与他思想的敏锐性不相称。思想过程应该把思想的元素"分析"得更细致。不过总体而言，我还是爱听他唠叨。他也足够细致入微了，甚至他的写作不再有意经营一个连续性的层面，而沉湎于叙事的微观逻辑。如果这样一个人曾经在我身边过有多好啊。他有足够的艺术趣味，他有一种踏实的伦理精神，一种伦理的力量。20世纪的思想中很少有，即使在一些探讨伦理的言述中。鲍曼有，但鲍曼的伦理感是智性的，阿多诺不同，他不只是忧郁，他的话语里始终带着悲痛，在这个世纪，伦理感总是处在悲痛中，也许还处在内疚中。虽然巴什拉也经历了战争和不幸，可他几乎没有这样的伦理感，他所描写的水与火似乎是在亚当时代的，而非毁灭性的灾难之后的。也许他还是属于那些小心翼翼又心不在焉地用美学的想象力掩饰其并不良好的伦理经验的人之一，这让我有时——站得离这个世界稍近时感到不是很喜欢他。

哲 学 与 诗

梅洛-庞蒂这样谈到哲学："一种具体的哲学不是一种令人满意的哲学。它应该维持与经验的靠近，可是它不能局限于全凭经验，它在每一经验中恢复它被内在地规定的本体论密码。"这些描述可以易用于对文学和诗歌的要求。诗歌话语的特异性涉及它在每一经验中恢复它内在的本体论秘密及其密码吗？

梅洛-庞蒂这样谈文学："文学只是在20世纪才也是哲学的，才同样反思语言、反思真理、反思写作活动的意义。"一个人再也不能避开"哲学"成为一个文学家或诗人。

语言的呼吸

学习哲学的结果是，生命中不会逐步增添答案，而是逐渐增多谜语。这当然是一种德行或可能的安慰：逐渐把行将消逝的生命视为一个不解之谜。

当我写"哲学"这个词的时候总想加上引号："哲学"已

失去了内涵,几乎只是一个形容词。只有在它相似于诗歌的地方它继续在语言中呼吸着。

好　古

有人喜欢使用古奥的字以标识其知识的维度,使用被发掘的冥器和化石般的文字,但他的目的不是考古而是希望表达个人经验,人们或许真的会看见诈尸或僵尸行走的奇迹。

减　法

你发现心中的一丝不安感,就像身体中一种微小的异物。因此不安不是来自欠缺,而是多了一种非本己的东西。要减去它,小心地拔除。不安是一种多余的东西。你减去的是你不该有的。

概念的光谱

概念的调色板。写作或交流,意味着概念与经验之间的细微摩擦。他会在话语中留下或刻写这一痕迹。就像塞尚之后的绘画留下笔触,那书写的痕迹。阅读,就是对这一痕迹的辨认。

写作者会对概念—词语重新调色。他也不会使用现成的颜色,概念的光谱,他懂得重新分解、分离、融合、叠加,使用语义的色块，而非单色的概念。

土　地

你在古典诗歌和哲学中找到的是人们早已失去的思想的平静，古典诗歌与思想将生命中一切主要的时刻托付给安详的土地。古典诗歌中的土地或许是采邑和封地，但还不算是大宗商品。

一个诗人的工作像一个农夫，他耕作，他休息，其余的一切交给土地和上天。诗人也一样，他劳作，像农夫一样悠闲，其余的一切交给语言和神灵。只是古典诗歌中的神灵还没有远离语言和土地。

在理性与神秘之间

在涉及公共领域的问题时，我会站在哈贝马斯一边，然而在涉及个人内在领域时，我将发现自己同他的论敌德里达一样"嗜好诡秘"。我愿意为自己保留神秘性的知识领域或非知识领域，那意味着为自己保留希望，个人的真实自由。如同德里达所说，在全体一致同意和可能的透明状态中，绝不会提出神秘性问题。如果我要共享某种东西，使之对象化、使之主题化，条件是有某种不能主题化、无法对象化和不能共享的东西。他认为，自传体裁就是神秘性的场所，这不只是意味着试图使一切没有呈现的东西处于某种可以表达的、可以加以形式化的关系之中，而是意味着绝对神秘性之场所所在的空间却像是没有神秘性的，神秘性可能被隐藏起来：许多东西被保存了。就像笛卡尔意义上的良心，世界上最没有共享的东西，然而它是不能被共享东西之共享。存在的一切事物都具有不能共享性。为什么是神秘？在德里达看来，"它是一种谋略，它希望坚持区分和隔离。在这里说的神秘与通常所谓的神秘之间——即使这两者是不同种类的——总有某种类比性，它使我宁可要神秘而不要非神秘；宁可要神秘而不要公共的表达、展示，不要显示性。我有对神秘性的嗜好，这种嗜好显然与没有归属感有关。面对政治空间，例如，面对不给神秘性留下缝隙的公共空间，我有某种害怕或者恐惧的冲动。在我看来，要求一切事情都出现在广场上，没有看不见的法庭，是全部民主的明显标志。我可以按照政治伦理学重新说：如果不坚持神秘性的权利，我们就处于整体性的空间。归属感——公开承认一个人的归属，置身于共同体之中——无论它是家庭的、民族的还是语言的——都说明丧失了神秘性"。

我会自相矛盾吗？我要考虑我在别的文章中所说的相反的看法吗？如同注意每个想法在表达它的语境中的意义，在公共领域内反对神秘性，和面对公共空间坚持神秘性就没有矛盾。只有在把这些想法从表述它的语境中抽象出来并置在一起，才会产生自相矛盾感。

象 征 交 换

交换这个行为具有普遍的意义。物物交换，婚姻与女性的交换，自发的贸易和族外婚构成了习俗及社会制度的一个起源。而这个习俗的起源又是如此相似。物物交换既可以是集市贸易也可以是相邻亲友之间的礼物交换，或属国与宗主国之间的朝贡与馈赠式的交换。礼物、朝贡与馈赠具有象征交换的社会功能。这些逐步被货币为中介的交换所取代。原始的交换现象被越来越复杂的交换系统所置换。爱和友谊是情感的交换、经验的交换，如同礼物交换即象征交换而非等价交换。战争是仇恨的交换，暴力是死亡的交换。部族战争中双双死亡的人们都得到了各自部族的荣誉，这是部族永生和个人死亡之间的交换。爱、友谊、礼物、诗歌等是小众的象征交换，经济、战争、劳动、政治是大众的等价交换。从经济到意识形态，所有的政府组织和社会组织都旨在协调各种不同的交换，以确保交换的公平公正。一切等价交换都只是一个表象，世界上没有什么是真正等价的。无论在安逸的还是饥馑的时刻，一块黄金等于一斤麦子都是荒诞。在物物交换、货币交换和族外婚交换之外，还有一种基础的交换形式：语言的交换。阅读是一个人与他人、个人与文字的能量之间的象征交换。写作是个人与文字、环境之间的象征交换。日常表达是意见的交换。交换的最根本功能在于实现不同质事物之间的兑换体系。语言交换也存在着等价交换和象征交换之区分。信息语言是话语与事实之间的等价交换，而神话、宗教和诗歌话语是语言与意义之间的象征交换。就等价交换而言，无论就意义还是就财富，有增值的和损益的交换。而象征交换总是增值的，象征交换总是在等价交换被废除或无效的时刻开始起作用。

思想史：从名词到形容词或副词

善，智慧，真理，神圣，美……毫无疑问都是一种属性。这些属性自身并非独立存在，它们交互甚至彼此矛盾着共存于某一现象。或者这些概念就是对某种没有主体、没有确定载体的飘移不定的属性的一个命名，但却可以用这些属性来描述某些事物、某些人在某种状态下的某些品质与特征。在思想史的本体论阶段，连否定性命名的事物也会出现实体化的意图。这些属性在思想和叙事中呈现出一些化身，比如善人、圣者、完人、愚人、傻瓜、疯子、恶人，成为讲述人们生活世界的方式。当人把某些人称之为疯子或恶人时，似乎意味着一种安全措施，恶、疯狂、愚蠢就有了一个确定的、看得见的载体，我们自身的疯癫与愚昧就消失于命名之外了。对恶人、疯子的命名似乎是对恶与疯狂的象征性囚禁。当人们把某个人说成圣人的时候也同样诡异地将这个人囚禁起来，意思是我们不需要用他的德行折磨自己。在思想领域，人们以圣者讨论神圣的问题，以圣贤讨论善的问题。逐渐地，名词开始脱离它可见的实体，脱离那些化身，变成一种形容词和副词性质的概念，成为任何具体化、化身都难以承载的品质，作为一种无限的可能性而存在。与之同时，这些属性也开始越过囚禁它的形体，进入每一个人的身心，与他日常的、没有命名的品质暧昧地混合在一起。就像现在，野蛮与文明再次不可区分地混合着。善的，真的，神圣的，美的，直至变成了一些幽灵。而最后，在最没有希望的时刻，修辞保留了希望的种子。作为修辞的语言，形容词与副词成了圣灵。

在一支歌里思想

听见了吗？每个人的生命都被祖先祈祷过、祝福过，每个人的到来都被前辈期待过并带来深深的希望与喜悦，一个人的生命怎么可以不是更有意义地度过呢，怎么不成为下一代人梦想与祝福的源泉呢？

毒　药

微量的毒药用以治疗，或增加免疫性。吞噬它就是致命的。经常看一点儿你自己并不喜欢的著作，或与你的想法完全相左的东西也会有一点点药用价值。

模仿权威

弱小的人愿意模仿权势者,他们乐意赞同权势者的观点,仿佛这些权势者或大人物越独断霸道越冷酷无情就越能够获得这些小人物的崇拜。而那些大人物在考虑这些观点的时候根本就是把这些弱小者视同草芥的,他们是大人物历史棋盘上的小卒子,是他伟大辉煌视野中的一星星炮灰。这些小人物在模仿权势者思想的时候忘记了这一点,因而他们常常群起攻击那些为着弱小者的权益而批评他们心目中大人物的人。像鲁迅说的,他们觉得批评大人物就是在有意跟他们自己过不去,使他们为难。

"主人道德"

尼采是它的近世发明者。他不惜把最高贵优美的词语献给主人道德。"对自由的渴望,寻求快乐的本能……必然属于奴隶道德,而艺术性的、充满激情的崇敬和奉献,是思考与估价的贵族主义之一般性表征。"这个自称极端聪明的人继续套用中古时代的阶级、制度与伦理来企图规范当代。这种概念和范式的误置使他继续将要求自由的人们贬低为奴隶,其实当奴隶并不认同并以社会变革的方法改变了这个身份时,尼采心中的贵族早已是一个幻象。他所说的主人或强者并不再具有中古骑士的道德、勇气这些一般性的表征,早已沦为以权谋私的唯利是图的地道小人——还有举例的必要吗？

文　化

什么时代能够像现在这样热爱文化、热爱艺术？然而他们的热爱与一般女性对时装的热爱没有区别，文化是装饰物。无论是权贵还是受众，他们热爱的是失去了批判性的文化，抹掉了锋芒的艺术。因此，当今多少文化人和艺术家就这样尽快生产使人感觉舒服的艺术，或故作标新立异因而显得时尚的艺术，生产出纯然物态化的文化，生产出可以卖钱的陈词滥调。它们一诞生就没有时间性，除了夸大的感官性、机器设备和其他物质材料带来的效果——比如音响效果、色彩图像之类的把戏——其中连一丝激活艺术与生活感受的东西也不会有，这样它们就可以直接进入叫座的买卖，进入博物馆或个人收藏。书法艺术就是这样的护墙纸，许多艺术品，对了，还有那些文化也是这样的护墙纸。

变　形　记

我的任何一种写作或文本都经不起孤立，似乎我不过一直在写同一本书的不同章节，尽管我早就抱着彻底抛弃先前的文本的愿望。一旦隔断了一个文本与其他后继文本的联系，要么立刻陷入谬误要么失去其含义。这是一个人活着的时刻不停止写作的诱因：为自身的其他写作或文本提供一个语境，或一种参照。当一个人的写作终结时，当他不能继续在场时，当他不再言说，它的写作应该完成语境的移动，完成一种根本不能完结的东西——即语境的内在化。这好似一种话语的变形记，其实是一部失去原貌的自传的变形记，就像一个曲子、一个故事，完成自身的对应与循环。否则，它就应该招致遗忘。

嗜好秘密

我不知道有没有秘密，我指的是过去时代里出入于漫漫长夜的精灵、灵魂，其他神秘事物，而不是权力人为的不透明性和利益领域里的装神弄鬼那种令人恶心的假奥秘。但有未知，不用说未知宇宙，而仅仅是与我们同在的他人的生活，他人心中的感受，以及自己的梦，甚至……死，死亡已是唯一保守秘密的事态了。但这个秘密有一张谦逊的面孔，有时几乎可以成为一个令人欣慰的替代物。人会因为死、一个永远的秘密而最终拥有灵魂的幻象？

中　介　物

语言文字是这样一种中介物，没有它，人本身和他的创造价值就不能存在。直接性的存在是一重消极幻想。语言文字是人文主义理念的根基。语言文字不仅是感知活动，而是"翻译"活动，不是直接再现，而是变形，不是直接表述，而是内折。语言无论描述什么，哪怕是一个清晨，一条晨雾里的河流或一棵树木，语言描述（甚至在再现式的意义上）都迫使表述者转向自身，转向内心过程，语言表述活动是产生人的内在性的一个最富有成效的文明成就。是内在性信念、内在世界的根基。产生精神活动的内折化，再结构化，再组织化，形成不同于直观世界的"另一个世界"。当语言的功能开始消退的时候，另一个世界就不能因为语言的中介而获得一条地平线，这个世界就成为唯一的而且是没有可能性的世界。

末 日 神 话

时间本身已不是一个神话，随着未来的空洞化，现在被腐蚀了，甚至过去也被打折贱卖。除了关于大爆炸的半吊子知识，宇宙起源论也不再以任何富有启迪的方式包含在现代思想中。只有宇宙末日比预想的逼近了，我们知道"启示录"的末日惩罚不是来自上帝，而是人类自身：即使不足半数的原子弹头发生爆炸，大地和海洋将是一片火海。地球上的一切爆炸物都会被相继引爆、燃烧，空中将充满毒气，地表和水中的一切生物、地下的一切种子根茎都会化为焦黑的烟雾。没有什么生灵能够从这样的灰烬中站起。在茫茫的黑暗中，地球将再次回到无生命的冰冻状态。这一"伟大"的末世景观将是由人类族群之间的相互仇恨加上前所未有的科学技术生产力精心制造的。那些继续煽动民族国家敌对性的人们似乎渴望着这一末日神话的实现。天堂是人类的梦想,而地狱已如此真实。

说出与写下

一种话语如果一经说出就能够具有即时行为的效力,那就不需要被写下。严格意义而言,新闻与信息就是只需要被说出,无须被写下。写下意味着仅仅被说出是不足的,因为话语并不指向行为,而是指向思想自身,或是话语涉及的行为会拖延、会持续下去。

谜

生活的迷宫似乎只有一个唯一的出口,那就是死亡。一个永恒的死亡之谜永久地取代了生命之谜。在生命中猜这个谜,是生活迷宫的指南。

所说与所见

艺术理论家弗莱说画家的画风与创新可以用"所知"和"所见"来平衡,德勒兹则认为一个思想者要协调其"所说"与"所见"之间的关系。思想不是在所见方面说得太鸡零狗碎以至于湮没了智识上的认知力,就是在本无所见的地方所说太多。现在，学术人的愚昧和狡猾都是:看见的不说，说的没有看见过。

记忆的分歧

分歧常常源于：观念的人与经验的人之间的分歧，固有观念与怀疑观念之间的分歧，经验过的人和没有经验的人的分歧，有记忆的人和无记忆的人分歧，有真实记忆的人与只有文艺记忆的人的分歧。不幸的是，有记忆的人越来越少，没有记忆的人越来越多；经验过的越来越少，没有经验过的越来越多；有记忆与经验的人没有时尚的叙述话语，有学术时髦语言的人则通过叙述话语更深地遮蔽了记忆。在应该恢复一个社会的基本历史记忆的时刻，一代人被贴上了封印。在该进行悼念的时刻只有庆祝，在该哭泣的时刻只有玩笑，在该悔过的时刻只有自豪，在应该讲述的时刻陷入了沉默。沉默得过久，拥有记忆的和拥有经验的慢慢地带走了一切，带走了本该属于一个社会的记忆。

是的，是记忆出现了分歧。它不能靠观念的统一弥补。

叙事的伦理

哈贝马斯敏感地意识到思想信念趋向于采用文学形式的秘密动机:"谁从语境主义的角度去理解理论在生活世界中的根源，谁就会想用叙事的隐喻技巧来揭示真理。"可以追问的一个相关秘密是，文学叙述和诗歌话语，人们读或者不读，人们可以重述、评论，然而理论文本之间似乎只能相互批判。一个诗人的文章可能充满不可原谅的谬误，但同样的货色表现在他的诗歌里通常会被认同，这可能还要从语境主义加以考虑。一种在语境中是恰当的认识，脱离语境之后据以进行普遍性的推论则可能就会陷入逻辑的泥坑。

为死亡所困扰的写作

可是——难道你竟然忘记了：一种为死亡所困扰的写作要比彻底解脱死亡的困扰更值得一试吗？死亡所困扰的写作注定了要穿越大学学科制度的所谓规范，对它来说，死亡困扰的写作是不可接受的，而它只得接受你的死。我的兄弟，不应该仅仅让一个震惊人心的死亡故事流传下去，而是让死亡困扰的写作也得以流传。如果你还没有像留下遗嘱那样写作，就应该活下来让写作成为一种哀悼过程，应该让死亡冲动不断骚扰理论的前沿，骚扰见鬼的禁忌，冲击意义与命名的话语，打断经验与理论的没有脑子的、没有神经系统的粗暴姻缘。

理 想 主 义

好啊，那就去吧，也许——应该那里临着海，那样我至少可以在沙岸上写字，哈，就像一本叫作《沙上的卜辞》的小书；

也许那里跟这里不同,冬天的阳光晒得沙岸暖暖的;也许还有比较有意思的谈话。在车上我还想着这件事。现在我回来了,那里和这里一样阴沉沉的,那里没有海,九年前我去过那里,但忘记或淡漠了一个有温泉的地名。除了我自己胡说八道一通,也没有什么谈话。

另外的早晨

黄昏时我正觉得不高兴,你给我开来了"五月"的处方:如果你早晨起来情绪不好,那么怎么办?你就这样闷闷不乐地过一整天吗?不行,你要想到世界上有另外的早晨,要为那些早晨而高兴——这样想了——一想,世界是如此宽旷啊,竟然有时就忘了——此刻,白哈巴村的一层晨雾正渐渐散开,早晨的光线照着落尽叶子的桦树林,喀纳斯河因寒冷更加清澈了——此刻,我也完全有可能正在那里翻越一座覆盖着枯草的山坡。我是由于这个错误的疏忽才不高兴的,不是因为别的。

无名的偶遇

那不是一种不断闪烁的希望吗?表象的闪烁,闪烁——在不经意的时刻,一个夺目的表象赎救了世界又在片刻之后将其遗弃。它留下的震动就像希望那样渐渐微弱,却还会再次不期而遇。

内心危机

每一次内心的危机,每一次波及身体状况的危机意识,都让一个人躲在危机的后面、躲在疾病的后面对自己的生命做一次总的评估,对自己和这个世界之间并不划算的同谋关系做一次清算。或许,这就是危机的自我赎罪意义。

世界的清晨

"清晨"不是我的降神符咒之一吗?是的,精神生活就是由清晨的瞬间构成的。精神生活是由世界上另外的清晨构成的,那是他人拥有的清晨,已经消失的蒹葭苍苍的清晨,尚未到来的世界的清晨,已经使某种从未出现过的思想远景忽隐忽现。

世界的清晨,一个肯定性的时刻在冉冉上升。

否　定

我是不是一直在做着否定的陈述?是不是只能通过否定的话语才能确认一些微弱而抽象的力量?因为,那些简单的肯定态度就像是确证无疑的谎言。以至于为了避免说谎,一个人只能不断地否定式地说话。在这个世界上，肯定性的力量是这样缺乏意象。那么，这一年终结时，我愿意在冬天里回想已经遥远的夏天，将今年夏天在青海河南蒙古族自治县的草原上所见到的一幕置于本册的结尾……

小 石 块

在内蒙古地区，在山野，在路边，人们捡起一个石块放在敖包上，放在一堆石块上。这是一种托付，一种加入。把所有人的愿望放在一起就产生真实有力的愿望。所有最良好的愿望放在一堆就能产生祈福、驱邪的法力。看看这些石头，他们懂得把自己的愿望放在一起，他们知道要把各自的愿望聚集起来。它还能是什么呢？

你一直在前人安放着语言的地方放上自己的词语，在放着古老诗篇的地方放上一首诗。我也在敖包上放上自己捡拾的一块小石子。

孩子的微笑

你伤感地发现，在走或不走的得失权衡中忽略了小德加的微笑。虽然你意识到你将不容易看见小德加了，可是并没有意识到每天都能够看到两岁零几个月的德加是一种内心的福利。此刻你已懂得，这将是你此次南迁后无法补偿的损失，你将错过你和这个孩子之间的一段黄金岁月。

雪

夜里飘落的雪带来了世俗世界的神秘。下雪,一个可见的童话。它不仅召唤着儿童,也唤醒了每个人心中沉睡着的孩子。雪花的结晶体现着过多的、有些奢侈的心智。许多事物都似乎毫无必要地显示了心智特性。为什么寒冷不是仅仅缩紧了事物,比如使水结冰,而是在一个混乱的世界里不断地呈现瞬间的秩序,或在窗花上显现出对植物世界精心的模仿,是什么力量,在如此冰冷、短暂的事物上用尽匠心?

寒冷的世界——零摄氏度以下似乎蕴藏着微茫的秘密。

玫瑰与小说家

卡佛身伏窗台望着窗外别人的玫瑰。他一生最后的时刻用来凝神沉思一朵花。玫瑰,你缓和了小说家与生活之间古老的敌意,以及无神论者与天国之间的紧张关系。临终之眼看见的玫瑰是一个暗喻,像一个信念,现身为一朵花的瞬间。虚无缥缈也可以如此不可思议地美好。在这个夜里,卡佛的妻子醒来发现他已进入了永久安睡。那朵玫瑰犹如他进入茫茫黑夜时的一盏灯。一切都结束了。在人并不明确如何去生活的时候,问题突然解决了。把它插在窗台上的那只手或许已给了卡佛最终的安慰。

统一性的诗学

思想常常漂移在我思的目光和所瞩目的对象之间。有时是某种事物、某种景观自身成为一种思想，成为"我思"的显现。任何一处自然风景状态都是一种精神表象，就像圣-琼·佩斯的诗，发现了现实与语言之间的一种辉煌的等值，事物与思想之间的一种礼赞似的自我之歌。正是同一种情感称颂了思想、事物、语言。或许，正是因此，无论世界处在什么时刻，诗人总会返回到世界的黎明，有如沃尔科特所说——诗人迟早都会重新爱上世界的。

非统一性的诗学

对一个写作者而言，脱离现实的意图与把握现实的意图都处在写作的秘密里：处在形式、文体与修辞的秘密里。接近现实或批判社会的直接意图受到了诗学的调停；诗学事实上更加敏锐地使修辞保持着与现实有距离的紧张。

符号学的时代

旅游中的自然不是自然，只是一种自然的符号；摄影的多次曝光技术使山和水变成山水的符号，摄影把真实的山水变得不可爱了；广告中的女人完美无瑕，她们是女性的符号，它引导着女性朝着她们的符号化转变。

一旦遇到几乎完美的真实之物,人们也会说,像假的一样。我们遇见过假的一样蓝的天空,假的一样美的花,但尚未见到假的一样拥有尊严的人民。连被幸运地接见时,这些人民的微笑也表现得太过卑微。

身体与空间

身体具有意识所不了解的传统,身体与古老的自然空间和事物之间有着无尽的结合点,有着隐秘的交点与切线,圆,椭圆,弧线,曲线,波动的,起伏的,曲折的,燃烧的,升腾的,流动的——以及身体在其中缓慢移动所带来的感知过程,身体在感性的层面上组织着它的周围性,一个处在圆形的中心位置的身体主体,勘测着身体与事物、身体与空间的结合点。在一种人工环境中,身体或许并未停止这种对环境的测绘,这是它古老的本能,然而,身体总是不断地发现那些自身与环境的令人不快的"分离点"或"分裂点"。在非自然的环境中,不仅我们的内心生活更内在化了,内折或内曲了,连时刻暴露在外部环境的身体也不得不内折了。

山坡上的灯

从敦煌返回,火车抵达兰州之前天色已黑了下来。车窗外,或许是古浪，或许是在一面山坡上，一盏孤灯，高高的，一小团橘黄色在黑夜里亮着。看不见山坡，看不见房屋，米米说："我想家了。"小得安说："我也是。"此刻，一盏意味着家的灯出现在所有人的心里。

黑暗，灯和家，这些意象此刻或许也被坐在列车窗口边的人们一起感知到了？

美

一个美丽女性的形体与容貌几乎就是一个男人心中的精神。美，就是他内心精神的可见形象。他热爱着的是什么呢？这是一个并不明朗的问题，高尔泰曾经断言"美是自由的象征"。而今，美与狭隘的欲望有关，又与宽阔的自然奥秘有关；与软弱的罪错与过失有关，又与未被承认的没有名称的德行有关。

如果美还是一个谜，对美的热爱就像是一种暂时的自我迷失。

札　记

我羡慕那些以宁静的心态写成的著作。不是指音乐、诗歌等艺术，而是指在历史学、伦理学、社会学、人类学、法学等领域讨论人类社会的各种观念、活动和运动的时候所显示的从容态度。分析与阐释的清晰性，材料与文献的完备性、综合性，理论的深度与历史的宽广眼界,那是一种貌似轻描淡写的绝技。

这些札记的现实语境显得极其混沌,观念时间像冻土带一样缺乏变化,而另一种物质时间又像解冻的冰一样漂移,对现实性的关注几乎没有"客观化"的材料与可靠的文献。批评的激情遮蔽了分析的冷静,应激性的思想回应妨碍了理论上的深思熟虑,社会伦理的义愤之情遮住了"历史的"描述维度。但是其中或许依然有一种生长着的东西,有一些种子,能够在写下这些片段的社会语境消失之后重新落地生根,缓慢地诞生?

偶　　然

在厨房做饭,忽然想到,已逝去的亲人再也不能回到这个世界上。一天也不能了。没有谁能够返回。一切人与事都只能在这个世界上出现一次。难以想象这样的生活具有永恒的意义。只有一支歌重复着。事实上你还是不能想象,体验着一切,又企图表达一切的这个"我"有一天会消失得无影无踪。尽管你早就不想再让意识纠缠于这个永远难以理解的事实。

片　　段

片段,是指一个片段失去之后并不影响其他片段。但片段的写作,并不是自行实施的截肢手术。事实上,每个片段都是其他片段的一个改写,一个影子。除非能够将每一个片段的内涵扩散到每一个片段。片段的理想是全息的：在一个片段的范围内，包含了生活之谜。

感知与知识

出于狭窄的美学趣味，或出于对已有思想学派及其范畴的额外敬重，把生活诸种瞬间性的不良感知转化为知识的时刻更为稀见。我们的感知太谦虚，以至于不能成为知识。因为，通常人们并不信任自身的感知，似乎我们自身的感知与经验都是偶然的、例外的、滞后的，它们没有资格成为具有普遍意义的"知识"。我们的经验太偶然，我们的感受太个人化，我们的情感与痛苦太主观，似乎它们更接近荒诞与谬误，似乎它们没有成为知识或理论的资质，更不要说成为一种真理了，因而我们常常在茶余饭后打发掉我们真实的问题。

但是没有人通过接受他人的思想结论而学会思想，那样我们的思想只是从属性的，成为一个思想的主体，只能从发现自己的问题开始。知识与理论有着真实的出发点，这就是我们卑微的尚无知识名称与理论形态的不良感受——有时连词语也没有。

神话的历史观

神话属于遥远的过去，神话的叙事是过去式的。然而如果神话仅仅属于过去时的话,人们就不会把当代社会的许多事态称之为"神话"。神话的世界观或许意味着这样一种目光对现实的投射:某种"初始情境"或"原始事件"会在人类生活中一次次重演或再现。就像演剧是复制先前的一个规划好的情境,被称作"历史事件"的事态会复现先前的已经反复发生的事件。比如战争、仇杀或被弗洛伊德绝望地描述为"死亡冲动"的东西。原始不是指远古的或更早的,而是指经常被重复和再现的。原始事件就是现在依然存在和重复的。它是这样一种可能性,随时可以现实化。神话时间与原始事件的重复打断了历史的连续性,将展开的历史突然再次压缩在一起。神话世界或神话时间是从一个眼下的"现在"跨越到另一个"现在"的现实。

象征主义的衰落

充满生机的神话是意识的象征主义发展的一个结果,当意识的象征主义衰落时,神话就萎缩了。像退去的远古海洋留下了许多零散的湖泊,消退的神话萎缩为寓言、古谣谚这样一些想象力的碎片。

更为不幸的是,神话在人们心中所留下的空白并不仅仅被理性和自由所取代,常常被政治巫术及其形式主义的权力仪典所填充。

瞬间有多久

我坐在高山草甸，坐在青海湖畔的草场上，此刻拥有了透明的空气、纯净的光线和充满凉意的高度。我知道青海湖古称羌海、卑禾羌海，蒙古人称她为库库诺尔，藏族人叫她措温布，她还有其他的名称。每个名称并非是同质的，她不同的名字意味着她有一个不同的主人，更恰当地说是她拥有一群不同的孩子；不同的名称意味着不同的岁月春秋里不同的族群与青海湖及其周边地区所建立的有所不同的联系——一次次大迁徙，一次次征战，一次次流离失所，一次次兴衰演替。如果我能够感觉到自己坐在羌海，时间就会退回到汉朝以前。然而对牧民来说，生活方式却很少有所改变：放牧，打草，转场，捡牛粪，挤奶，打酥油，用它们换来盐和茶，让黑帐房与白帐房上升起古老生活的炊烟，让草原上飘荡起化为牧歌的无以倾诉的忧伤。

愿这一刻能够超越具体的时空永远陪伴着我的生命，让这一刻在我岁月的每一天都持续下去。让我继续拥有她那一刻的凉意、宽阔与高度。

坐在她的身边，我却听不懂她古老的语言，无从进入她的世界和时间深处。对我这个可怜而快乐的游人来说，这是一个仅余表象的世界，尽管我懂得她无比的美，却无从分享她的历史记忆和孤独的精神世界，无从分晓她的创伤。我领略着她今日残存的神韵。她给予我这个外来孩子的是这样少，却又如此慷慨：在落日的余晖中草原展示着她的远景，在暮色将要四合的湖畔，她再次暂时收留了我们，并把我和我的孩子们变为她的非嫡亲的孩子。

水 做 的 人

据说你的体内百分之七十是水，你的血液里除了少量的血浆蛋白、葡萄糖和无机盐之外，百分之九十一是水，而脑脊髓中的水占百分之九十九，水之外的那些元素也是所有人以相同的比例共同拥有的，那么，是什么决定了你的情感、心智、个性与生命的独特性？什么物质构成了你脆弱又固执的主观性？

轻 与 重

年轻不仅意味着涉世之轻，没有负重之轻，还意味着轻的众多属性：身体之轻，行走与步态之轻，声音之轻，微笑之轻……羞怯也是轻盈的属性。这一切之轻使其上升，就像飞翔的能力，趋向于一个隐秘的精神生活的核心。轻介于身体与精神之间。轻是身体的精神化。重则相反，重是身体的物质化。

他经常以轻和重来识别人。因为偏爱轻，他一直没有使用过"轻浮"这一观念，也不想变得老成持重。正像善与恶那样，轻与重也是一对价值评价范畴，只是所包含的道德判断没有前者那样清晰。

为什么一个人身上"轻"的属性如此吸引你？是你被一种脱离尘世的飞翔倾向所诱惑，还是被"轻浮"之物所引诱？

论 修 辞

古典音乐中已无可奈何地充满了一些陈词滥调，听觉上的和谐如过于熟悉的游戏。有时觉得连贝多芬的主体性与自由意志在听力上也似乎充斥着古典哲学的老生常谈。难怪他在晚年要走向一种神秘主义。这或许也是一个作家的命运。

宝玉的乌托邦

至少在宝玉看来，怡红院的时间静如处子，犹如大观园里的处女们保持着其贞洁状态。宝玉的乌托邦是由这样的女子们组成的。但他有着对苦难的直觉，有着敏锐的恻隐之心，时间的任何流动都会给他带来痛苦。女子们的出嫁对他来说即意味着无法回避的尘世生活的时间。结婚等于家庭，家庭等于国家，正是这一制度等式的含义让他感到绝望。他一直企图回避仕途经济，拖延着不愿意进入一种世俗制度。这个"绛洞花主""富贵闲人"的乌托邦氛围是由女性的气息、眼泪和美妙的叹息构成的，这是一座自古以来最令人绝望的乌托邦，怡红院和潇湘馆的情感乌托邦气息不仅建立在水做的女孩儿身上，这一切还像幻觉一样寄生在宁国府和荣国府的身份区分、遗产继承以及奴婢制度上。

四十而惑

你时常感到惊讶：人们怎能以为对生存的认知，通过一种专业教育，或通过自然长大成人，或通过经历几件事——就已经算是完成了呢？我四十岁，并且总是感到一切都处在惑然之中，总是感到在认识上渐有所知，这岂不意味着你现在依然很无知吗？逐渐增长的认知能力，依然是你生活与写作的一种快乐，没有彻悟，没有终极所知。认知能力像一种恢复期的视力。我想，晚年的歌德，晚年的托马斯·曼，写《日知录》的顾炎武，他们已经完全不同于他们自身的青年时代。不仅是看法的变化，确实是"看的方法"的变化。或许可以说，他们在惑然中获得了一种不同的视力。

声音与语言

节奏对身体说话。旋律似乎同时对身体和内心说话。一切声音都直接向身体说话。噪声是肉体的咒语，噪声是扎入身体的看不见的尖刺。语言也是一种声音，只因为语言的观念属性，似乎只向心智与理解力发言。我只在过多地说与听人讲话时才发现语言也是一种物质，会使人周身不适，如某种刺激性的物质元素进入了体内,干扰消化、分泌、呼吸和血液流通。

语言是可以感知的物质。在活泼的沉默、默想或内在的交流中,语言是一阵宜人的清风,一种清醒的又使人沉思的如环绕着身体的景致。听到一句不适宜的话或读到没有化解的句子会使人感到身体不同程度的不适感。我明白了打官腔和学舌的表达令人厌烦,以致产生身体上的不良反应:起鸡皮疙瘩。好的话语使人健康。音乐和话语对精神是假的东西,对肉体也是。

语言与呼吸

歌唱的奥义是首先学习呼吸和把握一种呼吸。而语言与意义的呼吸有关,诗歌与真理的呼吸有关。写作是另一种试唱。写作,对语言的运用是尝试着打开一个意义的空间,使人能够在其中呼吸到精神的自由。

书 写 语 言

读朋友们的乡土小说,发现那里的人物及其口语我都曾经非常熟悉。或许因为生活在乡村,很多年以来这些乡土语言都与我熟悉的贫困、不幸、隐忍、尊严的丧失联系在一起,与粗野、谩骂、暴露癖联系在一起。我一直不能单独欣赏它的方言学意味。因而,除非这些方言俚语获得了某种特别的文学表达,或者我能够以一种类似民俗学的方式去听,才会在"乡土文化"的意义上、在与官方语言形成的喜剧性差异中产生兴趣。任何一种公共性的语言,尤其是口头语言,都难以满足个体性和内在性的原则。

对山的信仰

王屋山顶的天坛上,残存着一座道观的遗址。重续信仰的山民在这里新修的楼阁、再续的香火,与破败的旧址和千年的余烬混合在一起。红砖琉璃瓦之间镶嵌着的是旧观上拆除下来的别的朝代的雕梁画栋。几个在这里做法事、唱道情的道士和山民,在新塑的有华彩而少神威的玉皇大帝足下,诉说着的是婆媳不和的痛苦,儿孙不孝的尴尬。

最后一个登临这里祭天的是北宋的末世皇帝。他的身影已不可望及,只有临崖而立的一边已经坍塌的旧门廊与逝去的岁月息息相通。顺着门廊内右侧一头面貌模糊不清的灰白色石虎遥远的目光向下望去,烟云从山崖下向山顶涌来,似乎这座石雕依然能看见往昔朝代里的影像。一丝一缕的烟云夹带着凉意的水汽,掠过我的耳际,飘然穿过这座没有门的空洞的门廊,以及没有围墙的新旧杂陈的道观。烟云从千年以来就这样从山崖下涌起,吹来,飘过。

  青溪千余仞,中有一道士。
  云生梁栋间,风吹窗户里。

> 借问此何谁，云是鬼谷子。
>
> ——［晋］郭璞《游仙·其二》（节选）

千年之间王朝更替、人间巨变，丝毫没有影响到这一景观。我相信这是这个世界上唯一没有丝毫改变的景象。无论是梅尧臣来此漫游的时光，还是北宋皇帝在这里祭天的时刻，烟云、山林、风声都一如我此刻登临所见。山顶之巅，道观之上，似乎只有此刻。千年的人世似乎也只是此刻的过眼云烟。山坳下风起云涌，人世的命运似乎不值一提。

我看见门廊墙壁上的许多大方砖上刻有捐助人的姓氏："河南府张门姚氏""开封府陈门柳氏"……此刻我无从想象道教的这些热心捐赠人、这些古老世系中妇女们的形象，她们也不会知道几百或上千年之后的我今天坐在这破败道观内，望着她们昔日姓氏的心情。这也许是她们留在人间的唯一的痕迹。这里的云烟自然曾经分毫不差地撩拨她们的云鬓，此刻烟云掠过她们砖石上的姓名。此刻，我坐在这里凝神、观想、呼吸。与烟云中的亡灵窃窃私语。这是我此刻的特权：此时此地的在场是我唯一的特权。

对美的敬意

看一个舞蹈的女子——在一个瞬间，这个不知名姓的青春化身的女子的腰身与希腊女神雕像或与莫高窟中的飞天重合，与曾是这些壁画雕像的模特的青春的躯体重合。人类总是拥有这样的青春。这是不是人类社会从来也没有失去过的信仰？是不是总在人们身边散发着芳香？就是这些形象，她比任何一种宗教、任何一种神灵都更真实地拯救过我们，或毁灭过我们。此刻，我的观看成了一种致敬：曲线流动的完美形体是从宇宙的最高和谐中产生的。

以人为镜

一个穿着不合身的蓝布衫的中年或者青年男人，在马路边的一栋宿舍楼下，左手掌心握着一个小镜子，举在面前，仰脸瞧着自己的脸，另一只手用一把小剪刀修剪看不见的胡子。一个拾垃圾者？一个小菜贩？但这条路上肯定没有人在意他，没有人在意他的胡子或者脸怎么样。但他在意自己，并用别人的目光看自己。这是一个良好的错觉。但此刻，他就像是我的一面小镜子。在我的生活和写作中有许多顾影自怜的时刻：有许多小把戏充当了道具。这是如此常见的时刻：还未来得及对别人的可笑或可怜之处发出笑声，就发现了这可笑的东西已经出现在自己身上。

一支飞箭

从"永恒"的目光看待现实，"现实"好像是虚幻的，一晃而过，如一支飞箭；从"现实"的目光看永恒，"永恒"也同样是虚幻的，在万物皆变之流里一动也不动，令人心疑就从来没有这不变的东西。尽管现实只有现在这一片刻的现实性，然而时间如果不能中止，任何现实都会越变越薄如一个影子。时间催动现实如一支飞箭，正如飞箭在时间和空间的每个点上都存在或停留，现实在每一个"现在时"都有静止的状态。我们会感到现实具有众多持久的状态：我们能够放心地两次越过同一条河，上百次穿过同一条街，上千次地用同一把钥匙打开自家的门。这一刻我们都同意了的芝诺的悖论：飞箭不动。

此 时 此 刻

这是一个统计学的现实：夜晚，钟表在近处从容地嘀嗒响着。书本令人放心地展开在眼前。窗前垂挂着带绿色攀缘植物图案的窗帘。日光灯发出了飞蝇似的嘤嘤之声。牛奶碗旁边是新版的书籍。此刻，如果没有像一只猫一样悄无声息地向人走来的死亡，如果没有它——这不受欢迎的客人，此刻不就是一间天堂了？谜一般的此刻。"此刻"，我唯一的住所与风景。此刻，我唯一的财富。我宁肯一切都不加不减，犹如此刻——如果此刻不消逝。

伍 尔 芙

伍尔芙的日记同她最好的作品一样，文笔极为流畅。她在用空气一样的语言思想，以空气一样流动的句子写作。阅读伍尔芙就像全部思想感知能力受着一种语言之风的吹拂，并在其中苏醒。她的话语中定型的东西太少了，以至于似乎只是一些思绪而非思想的表达。它是一个动态的思想被感知的过程。或许，是其中的思想太稠密，以至于不是只有一个被定型的思想。或许，那些定型的思想并不重要，重要的是对思想的感知；甚至也不是保持对生活的激情，而是保持对世界的敏感性。

斜 坡

把一些喻词置于语句或置于思想之中时并非喻词从属于感知与思想的意向，而是喻词悄悄地改变意向的方向，使之沿着喻词暗示的向度发生意义的运动。"斜坡"这个词可以置于一种身体意向与精神意向，思想的斜坡，情感与声音的斜坡：在斜坡上是危险的，在斜坡上是不稳定的，重力与引力对身体发生作用。"液体"的词语携带着的是流动、解体、渗透、消散，它可以是意识、句子与文体的属性。躯体、目光也能够由类似于液体状的事物构成。火焰和风长期给予感知的属性更是经常地转作喻词。固体的事物也一样，如岩石。一个文本可以具有岩石般的风格。

花的形而上学

一朵花,把你带到语言的边缘,一朵花沉默,而其纹理如文,"书写"的迹象已经被其形状所昭示:花瓣——对称如谜,简洁如谜。在山间,如果一朵花能够开口说话,神秘就会被说出。你把眼睛凑近——整座山中没人。然而这是另一个谜,知道的似乎必须永久沉默,几乎不散发香味。你不知道也说不出是好的,因为还不配。美是一个世俗世界的奇迹,美是一个谜。意义是一种秘密。

处境与表达

每一种事物,每一种生活机遇,每一种类型的书籍,都隐藏着一些真实的和有诱惑力的东西,当你遭遇这些,都会产生认知的欲望,而它们都是生活中的一条岔路,你怎能知道应该朝着哪个方向走下去呢?是你所在的地方,这个场域所产生的有约束力的磁力线,它强迫你梦想的自由遵从它的缠绕。只有在这里,你才能进入经验的核心,即使在你愉快地偏离它的时刻你也感知到一种引力的缠绕。

没有奇迹的世界

生存是这样平淡无奇。你可以盯着每个人的脸看出奇迹来：他的衣衫这样破旧，似乎就是他的整个日子的象征。你会注意到一个收破烂的人在独自开心地微笑，或另一个无足轻重的人心事重重，这种沉重似乎与他的生存的分量全不相干。每个人有自己的一份期盼，有自己的一个目标。他们总在等待与今天黯淡的日子不同的奇迹。一些小小的奇迹。但如果期待本身很小的话，就足以带来那种微笑和那样的忧虑。

后　记

　　每当我出门，临时一半天或出远门，总要对着书堆长时间地寻找一个小版本、篇幅小而又不易于读完的书。它要足够复杂、快乐、内折、回环，几乎不能看完，也能够从任意一页读起，而且能够抵抗不是十分适宜阅读的嘈杂环境。我现在想要做的就是这样一本书，如果写得好，我自己出门时也能够带上，可是写作已经使我贫乏了。

　　写那些大部头的书，似乎不是我自己的内心需要。花费大量的语言写作，并不是内心活动所必须的。对内心生活的真实时刻而言，它和语言的用量成反比。在这个世界上，只有诗还在坚持一种可贵的尺度，谁使用最少的语言，表述最丰富的感受，而大部分叙述是在比赛谁花费的语言多。写作与表述活动似乎仍然处在原始工业化时期。原材料的大量消费似乎是规模、效用和信用的标志，或者处在一个同样缺乏德行的消费时代，挥霍成为消费主义的美德。语言的使用不是珍稀物品的交流，不是馈赠的礼物，而是恣肆地挥霍，语言似乎提前进入了各取所需的社会，并使垃圾在我们身边难堪地堆积蔓延。也许我们不是毁灭于匮乏，而是葬身于垃圾。

就像一种对挥霍的悔过，我企求自己以后能够表达得多而文字少。要少而多。我知道这不合乎经济规则。这让我偏爱随笔、札记和小论文。少和小是一种美德，使用尽可能少的文字叙述尽可能多的内涵，不为别的，而是使语言活动符合内心生活的基本要求。过多的语言表述降低了心智，即使如此，我所写的仍然过多，而企及不可表达之物的语言边界仍未能扩展。如果仍有饶舌、重复和兜圈子，那是它在绕着一个不可见的磁场，或碰上了某种界限，或仍是写作的不良习惯使然。

结集在这里的札记，是写于不同日子里的片段，每个片段是思想或感觉的一个瞬间形态。一般而言，我不再从逻辑和知识上铺展它们，就让它停留在思想与感知的瞬间形态上。一个片段有自身的结构，这是片段的秘密。它包含着自己的瞬时性，显露着自己出现时的感性机缘。这些片段如果有一些意味的话，就在于不隔断与逐渐变暗的语境之间的微弱联系。"一个短语的边缘属于黑夜。"这些札记除了记录一些持续的、重复的思想主题之外，另一些瞬间则来自于生活世界的偶然语境。这是一些情境或境遇性意识的吉光片羽。就我自身而言，大量的偶然语境和可能的意义表述被搁置在主题化的思想视野之外，札记弥补了这一状况。

这些片段所显现的瞬间事态隐含着一个在场的主体，它是我，又是一种自由的修辞力量。说它是我，其中许多感受性的思想来自于我的在场，几乎可以把这些瞬间思想视为一种关于个人境遇的叙述作品。然而，它不是小说，因为它只描述瞬间的意识震动或依稀的意义形态，它不描写感受着的主体在现实世界的日常活动。比之小说，它省略了感受主体和置身环境的描写。有的片段是一些小论文，但比之论文，它省略了论证材料，札记的旨趣仅在于此。它乐于叙述的是思想出现时的瞬间形态和随之而来的自由的修辞活动。在这个过程中，把某种偶然的经验主题化，把一些细节隐喻化，或只是描述偶然语境中一丝意识的微光，是这些札记的秘密快乐。